出走

范晓波 著

中国青年出版社

前言

　　十余年前，我曾以某杂志社记者的身份，去全国各地采访各行业的成功人士（尤其是一些著名私企老板和职业经理人），然后把他们的成功经验晾晒给即将自主创业或进入职场的年轻读者看，以供借鉴或拷贝。

　　我那时就洞察了这项工作的荒谬性，因为没有哪个人的成功是可以复制的，更重要的是，真正有效力的必杀技往往是当事人忌于传授或耻于示人的。不过此类稿件对期刊的声誉和发行量具有强劲的推动力，我们的杂志一度成为全国最著名的青年期刊之一，我也借出差之便探访了一些心仪的城市和朋友。

　　这项工作也让我直观地感受到，这个时代的年轻人对成功的渴望是何其惊心动魄，而大众对成功的解读又是多么偏狭，就像有人调侃的：什么叫成功？不就是赚很多钱并让很多人知道嘛。

　　坦率地说，自小到大，头脑清醒时我从未垂涎过这样的成功。我一直确信，生存方式和价值取向的多元化才是社会健康发展的表征。一个人人想当诗人的社会肯定是病态的，同样，一个人人都以发财为终极理想的时代肯定也是问题不小的。

　　随后的一段经历，更加强化了我这一看法。那时我刚荣升为父亲，出于以自我牺牲的实际行动对女儿负点责的心态，我抱着赚够几百万就回归的心态，转行到广东一家著名家电企业的总裁办工作。因有朋友引荐和指点，加上总裁办主任的欣赏与宽容，我的工作算得上顺利和愉快。

多年后的今天，我还时常想起总裁办主任谦和温暖的笑容并关注着他的动态，我家买的各种电器也基本是那个企业的牌子。我常对人说，中国的企业如果有一半能像我待过的企业那么务实，我们的经济就不会有太多泡沫，大众的仇富心理也不会如此严重。说白了，这家企业的总裁、副总裁和一大批职业经理人修正了我过去对商人的偏见，他们是我见过的最优秀最守规矩的企业家群体。

但是仅仅坚持了半年，我还是选择了离开。

个中原因，曾有一些朋友和媒体问及，对朋友我戏称不习惯每天穿西装扎领带；对媒体我说过：广东没有春天和油菜花，我只愿过四季分明的日子。后来，我还曾写《逃亡与回归》、《向日葵下的妻子和女儿》等文章正式地表明心迹，不过这些答案似乎并不让大家满意，个别对我有敌意的熟人甚至在背后议论：有能力混下去怎么会走回头路？！我渐渐地明白，我需要更广阔的视野、更宏大的篇幅和更具俯瞰意味的高度来面对质询。

这其实也并不是我一个人需要破解的命题。

近10年间，我越来越多地听到一些以命搏钱的企业精英说：等我赚到了多少个亿，我就全身而退，带着最爱的人周游列国；以命搏权的政界才俊常说的则是：一到退居二线的年龄，我就裸退到底，回到老家的乡下，门前栽花，屋后种菜。

这样的表白总是让我心里轻轻一笑:假如这个愿望不是矫情而是真实的规划,等你真熬到了那份上,你还可能以现在的心态裸退出来吗?

我当年从广东回到江西时,也有朋友一边表示理解一边惋惜:你应该再熬个三五年,赚够了养老钱再回来。

我当时想说:不用三五年,只要再过一年半载,我就没法回来了。我最终没这样解释,因为这个回答会牵扯出更多的问题:为什么?是因为公司太残酷?还是因为公司太迷人?

同样,我没法简明扼要地解答这些。

我需要坐下来,用两到三个月的时间,对着电脑慢慢回忆和梳理。

这样的讲述不仅容易厘清头绪,还便于联想、幻想和自由组装,是的,仅仅奉献我个人的经历并不足以阐释那些话题,我需要借助大脑里的内存。这些人物里,有些是过去的同事,有些是采访对象,有些是朋友,有些是朋友的朋友,有些来自道听途说,有些则完全是想象力的子嗣。

当然,领衔的主角只能有两个,出于生态的考虑,自然是一男一女为妙,出于勾引读者的目的(不,上帝也总是这么安排),他们之间还要发生千丝万缕的瓜葛和电闪雷鸣的碰撞;至于场景,肯定有一半要在具有时尚风范的写字楼里,另一半,则要安置在我痴迷的油菜地和葵花摇曳的家园……

那个名叫张蒙的男主角,身上难免会有些作者的基因,但他肯定不就是我,那个叫做谌琪的女主角,自然有我爱过的女人的影子,但她肯定也不只是某一个人,写作中我发现,她身上竟然还有我的胎记。

据说,现今真正会买小说看的更多的是有点闲情和闲钱的年轻人,那么,这个故事的导读,就参照年轻人的习惯从提问开始吧。

问题A:为了自我,你能否舍弃成功?

问题B:为了爱情,你能否抛下财富?

都不是很省油的问题吧。

现在我告诉你,张蒙做到了A,谌琪做到了B。这是本书上半部分的主要内容。

依此类推,下半部分可以理解为A+B等于什么。也可以说,是探索前面那个不少人都憧憬着的前景:等我成功到何种程度后,我就放弃一切重归田园……

当然,也许翻到最后一页,你仍读不出想要的答案,但我不担心你失望,因为你至少会读到祝福。

我妈曾教导我,当朋友遇到心结而你又帮不上忙时,最好的表示就是在一旁默默祝福。

我觉得她说出的正是作家的职责。

社会如此纷繁莫测,人生如此无章可循,我不一定能告诉你幸福的确切住址,但是我一定会,祝你幸福。

作者　　2012年2月29日于南昌

1

脸蛋大概只能打 75 分,因为青春痘,还得减去 2 分。胸部颇有点波涛,疾步走时有真实的涌动感,打 80 分一点不算多。臀部是她姿色里的制高点,紧凑有弹性,而且像本田摩托野性地翘起,绝对在 90 分以上。

我很奇怪,几乎每天下班后,她都留在办公室加班到深夜。似乎那种咄咄逼人的性感对她不过是从来都派不上用场的盲肠。她的办公台在我右后方,工作的动静很大,打字像是用十指飞速敲打许多不听话的小头颅;打电话似乎每次都是在指挥 3 个消防队同时救火,尽管夹着许多发音柔和的英文,她的嗓音还是尖利得令人心慌。我每天上班,像是在她制造的忙碌气氛里游泳,无论往哪个方向泅渡都找不到岸。

和她的火爆工作方式相比,我坐在电脑前的样子就像是磨洋工的长工,眼球和大脑的转速均不达标。她是公关中心的副总监,管不了我们新闻传播中心的事,但她冲电话发过火后会冲到我面前来吼我:"老兄,拜托你别太另类好不好?这里是总裁办公室,不是上岛咖啡厅。"

第一次被她教训,我自感脸上都暴出五道红手印,长这么大,除了父母,还没人敢如此不给我脸面。但是冲我吼了两次后,有一个中午大家一起吃快餐时,她忽然对我绽放少女般崇拜的笑脸:"我发现你很像我大学时暗恋过的一个男生,个子也很高,而且特别另类,把谁都不放在眼里。"积攒了许久的怨怒就这样莫名其妙地被她化解了。

被化解了,还是觉得有点屈辱,虽然我是公司的新人,她是年轻的中层,她毕竟还是比我要小6岁!

老曲说,她的脾气是被总裁办主任宠出来的,她做大型活动有一套,习惯了用和广告公司吵架的口气对待同事。我进公司全靠老曲的引荐,我对公司的了解也基本来自他的经验。老曲说:"你别理她,企业和媒体不同的,会干活的女的都挺凶的,没性别。"

我尽量躲着她,中午吃盒饭时离她远远的,她却会嬉笑着凑到我身边,说她减肥不吃肉,让我帮她吃掉,声音嗲得好像是我女朋友。我没办法,在她病态的一打一摸中,和她的接触比本部门的人还多了起来,甚至有一次,还恬不知耻地去她家蹭了顿晚饭。

周末我常为去哪里吃饭犯愁,我年龄偏大,没心情和那些刚毕业的大学生混在一起做饭,公寓下的士多店吃多了也犯腻。周末一到我就在公寓下的草坪上转来转去,思考去哪里应付自己的胃。

她穿着运动服,扛着羽毛球拍,在路上碰到我,随口问我有没有事,吃没吃饭。我说没有,她动作很卡通地跳到我面前邀请:"要不去我家吧,我做给你吃。"我自然愿意有新地方吃顿饭,也想看看她的家。

她来公司才3年,就在滨海花园按揭供了一套200平方米的复式楼。

公司的新人都住在滨海花园的大学生公寓里,一般两个人一个小套间。按月交少量房租。我是作为有点专长的人才引进的,被照顾住了一个带卫生间、厨房和小阳台的单人间。当然,房租相应贵点。有一个独立的私人空间是我这种人最看重的,私人空间是我的体腔,用于收藏保护那些柔软易受伤的内脏。

我原本感觉自己比一般人幸福很多。进了她的家,才觉得自己的私人空间像个要按月交租的小囚笼。她虽是一个人住,可屋里除了老公样样齐备。双人床大得像奥运会的摔跤棉垫,厨房里错落有致地摆放着微波炉、电饭煲、豆浆机、电磁杯……比普通三口之家配得还齐全。

她在抽油烟机下乒乒乓乓做菜时,我躺在印着沙皮狗图案、造型很卡通的布艺沙发上享受34英寸大彩电。我平常在公寓下的士多店吃快餐时,也会在那里看会儿电视。但是一前一后两台彩电根本就不会说普通话,不是翡翠台、本港台就是明珠台,不看字幕压根就听不懂它在说什么。我一度猜想可能是本地不转接内地电视节目吧,可是我拿起遥控器,一按就是中央一台,再一按居然是我最爱看的电影频道。一个多月来我第一次听见电视说出纯正的普通话,感动得像是华侨回到祖国。

茶几的玻璃下居然有烟,而且是我很喜欢的扁"三五"。这是我在她家的第二个意外发现。我摸出一支来点着,问她:"你抽烟吗?还是男朋友买的?"

她回头,愣了一下,又掉过头去:"早把男朋友炒了。你抽吧,管它是谁买的。"

我捧着烟灰缸,在普通话的声响背景里走来走去地参观她巨大的个人空间。她的阳台和厅之间的玻璃门很漂亮,但是没有安装纱帘。我大声建议她装一幅,白色、半透明,还要落地,以便有风时能柔曼地起舞。

她说:"嗳,老兄,我发现你是个很浪漫的人。我就讨厌浪漫的男人,企业讲究的是务实,浪漫是大学生玩的把戏。"

她的确很务实,不到20分钟就做了两菜一汤。一边吃饭,还一边谈公司的事,像讲座一样,我只需要点头表示听懂了就行。后来实在听累了,就表扬她,夸她性感。

她歪着头嘟囔着声音欣喜地问:"真的么?我说你很另类吧,原来你每天坐在办公室,关心的是我是否性感。"接着又问我有没有女朋友。我骗她说不仅有,婚都结了好几年了。

她哈哈笑起来:"你真农民,不到30就结婚了。"

我说:"别歧视已婚青年,结了婚我也敢喜欢王铮。"王铮是她的名字。

她用手指来戳我的额:"我发现你还是有点可爱的。等你老婆来了,我请她吃海鲜。"

2

她的身体像水蛇一样把我缠得透不过气来,湿热的呼吸喷在我脸上,像是要一口一口把我吃掉。

我猛地从床上坐了起来,揿亮灯,发现居然是睡在自己的私人空间里。

我长长地吁了一口气。

3

还没到四月,广东的气候就热得像长江中下游的伏天。窗外的芭蕉在阳光下反射着蜡质光亮,像是塑料制品,因为完全闻不到它的味道。办公室一天到晚开着空调,用科技和金钱修改着自然规律。一打开窗户就会有对气温敏感的人昂起头来张望,像人工鱼塘里的鱼,制氧机一停就要浮出水面来喘息。

即使开着窗,我闻到的也不是芭蕉的味道,工业城里到处是金属和塑料被烈日烤出的焦煳味,让人不停地想打喷嚏。

星期一上午9点,总裁办主任韩坚开完集团高层的早茶会,召集总裁办各中心的总监、经理和业务骨干开每周例会,总结上周工作,布置本周工作。我作为业务骨干参加会议。

按照公司人力资源部的规定,管理层学历的下限是本科,我只有大专文凭。破格录用的理由是我有在报社工作六七年的经历,当然更主要的是朋友老曲的力荐。老曲在总裁办干到总监的位置,后升任厨具公司办公室副主任。他的光环投射到我身上,使我在许多人眼里也预存了一定量的信誉度。

韩主任35岁,标准的书生模样,面庞光洁圆润,戴细框的金边眼镜扎暗花纹的进口领带,头发打理得比皮鞋还亮,别说苍蝇,连灰尘都站不住,只是眼睛眨动的频率远远高于普通书生,似乎每一秒钟都在琢磨处理重大公务。在办公室以外的场所,他的左腋下永远夹着个硕大的鳄鱼皮包，以便随时从中翻出各种重要文件。

他每天开着黑亮的广州本田按时上下班，严谨得如同结构复杂的钟表。他修正了我对商人的成见，他身上看不出我们设想的贪婪、好色等诸多商人的标签式特征，如果不是特别务实和繁忙，他几乎就像个大学讲师。

我对他印象很好。

照例先听各中心总监的工作汇报。我们新闻传播中心的总监在国外培训还没回来，大事由韩主任直接拍板。

《LT月刊》的筹办是新闻传播中心今年的重点工作之一。韩主任看着主编《LT报》的经理李家梁说："现在兵也招了马也买了，要尽快动手。下半年还要搞LT成立20周年大庆，要尽快把这个新的宣传平台搭建起来。"李家梁赶紧表态下周一定拿出方案。

李家梁是我的顶头上司，湖北人，武汉大学中文系毕业后在LT干了6年，从《LT报》编辑逐步升至副经理和经理。他的脸瘦而蜡黄，像是从越南进口的。据说他的书法和文章都很漂亮，是总裁办有名的笔杆子。我跟着他编报纸的这一个月，他并不在我面前显露文才，只是在做新闻标题时，喜欢引用化用古诗词。当然，他的硬笔书法确实洒脱，在发票上签字像是明星给粉丝签名，刻意而自信，一看就是下工夫练过的。

韩主任低头思考了一阵，指着我说："这方面你比较专业，你也出个方案。下周开会时一起拿出来给大家讨论。"李家梁脸上略有些不自然，埋头在本子上飞快地记录，然后冲我笑笑以示鼓励。

回办公室的路上，王铮把我拽到一边："老兄，韩主任好像很看重你,一定要好好把握机会。"

我有些纳闷,不理解韩主任为何把我和李家梁置于竞争的位置上,他毕竟是我的上司。

4

晚上和老曲一起吃饭时,把会上的情况告诉他,他也认为这个方案对我很重要:"你不要考虑李家梁的心情,你一定要在工作上压倒他,否则就没有上升的空间。企业就是这样的,不需要那种虚假的温情脉脉。"他果决地说。

每过几天,老曲都要请我吃一次饭,在公司边上的小镇上。

老曲身高一米八三,身躯肥白,性情也温和如大象。我和他因为写作的共同爱好认识多年,极少见他和人红脸,而一旦发怒,老虎也要夹着尾巴让道。除了看书写点随笔,他没多少爱好,不爱烟酒,不会歌舞,甚至连恋爱也不怎么爱好,对老婆之外的女人没有额外的兴趣。我们是那样的朋友,志趣不同,却能互相欣赏和包容。在上饶时,同事常拿我女朋友换得比手机还勤说事,讴歌或嘲笑。老曲从不加入他们的行列。我们在一起只谈论写作和对时代的看法,友好得彬彬有礼。

老曲的老家在鄱阳湖的一个岛上,少时家贫,经常要去亲戚家借米度日。有年除夕前,他奉母命去舅舅家借米,舅舅怕他们家还不起,硬是没肯借。

读高中时他一年只有一条长裤可穿。白天穿,晚上洗好晾干,第二天继续穿。一天,一个小偷用竹篙把他晾晒的裤子从窗口挑走,他发现后穿着短裤沿着围墙去追,追了三里,未果,一个人蹲在墙角失声痛哭。那是个阳光暴烈的周末上午,一个一米八多的小伙子,蹲在自己身体制造的巨大阴影里,整个人慢慢蜷缩收拢成受伤的虫,把心脏挤压得阵阵发疼,最后晕了过去。

这些事在上饶时老曲从未与人提及,我来广东后,他一件一件讲给我听。我想,老曲终于有自信面对生命中最黑暗的记忆,并揭开它血丝斑斑的痂壳了。

他想让我接受一个观点:钱是一切的基础,没有经济就没有尊严,甚至没有正常的生存,所以更不会有内心的安宁。精神价值的实现永远是物质富足之后的奢侈品。中国社会正在转型,由务虚变得务实。"我们赶上了好时代,谁都有可能改变自己的命运。"老曲说。

过去在报社和我同事时,老曲受弟妹拖累,经常要在月末借一笔钱才能渡过难关,来广东不到4年,就买了栋40多万的洋房,眼下正准备买车。老曲越来越有钱,越来越自信,睡眠时间也越来越少。他说:"以前喜欢睡懒觉,现在不行,一闲下来心里就发慌。"他不反对我对内心清净的重视,但有点替我着急:"你家境还行,有个固定工作,平常可能体会不到金钱的压力,但是一旦遇到大事怎么办?比如自己或家人生大病或者其他的变故。"

老曲喝了三碗蛇羹后,指着身边的小镇说:"别看这里居民不到两万,经济实力却可以和江西任何一个地级市比。刚来时,我很看不起本地一些没有文化的农民,但路过他们的院子时,发现里面停的车不是宝马就是奔驰，最差也是广州本田，有的人家一到晚上院子就成了大型停车场。这里的农民都能混成这样，就是打死我也不回江西了。"

老曲在江西时，每天都要写点东西，这个习惯从中学就有了。那时的老曲，一心想当个有社会良知的公共知识分子，把手里的笔当古代侠客的剑来使，扶贫济世。那时他常说：一天不写字，思想就有腐烂的危险。

来广东后，老曲已经有好几千天没写过文章了。当然，最初停笔的那半年也非常痛苦，常常一个人深夜坐在阳台上流眼泪。

现在老曲养成了两个新习惯，一是每天睡觉前暴走 2 小时，因为不这样锻炼，身体很快就会被工作压垮，暴走后的疲劳还有助于改善失眠。二是每顿饭前喝碗汤，最爱喝的是蛇羹，补脑也补身。

我在不知情的情况下喝过一盅那样的汤，鲜美无比，知道是蛇羹后，哇地吐了出来，从此再不尝试。我就是这样的人，你再有营养，如果是我厌恶的东西，即使大脑接受了胃也会奋起抵制。当然，每晚定时锻炼我更做不到。

这就是我和老曲最根本的差别，或者说，差距。

5

吃过饭，我又回到办公室，去那里上网，给父母和老家的朋友打电话。然后再回公寓，看书，下楼散步，然后又上楼睡觉。来 LT

后,我的夜晚基本就是这样打发的。公司有一万多员工,但是晚上基本没有娱乐,一部分人加班,一部分人上粤语培训班,另一部分人早早地睡觉为第二天的奋斗储存精力。

梭罗又给我发了电子邮件。他是我来 LT 后才认识的一个朋友。

我极少和男人交笔友,和大多数男人一样,我喜欢结识陌生女孩。在网上交朋友,如果发现某个女性化的名字对应的实体不幸是个同性,就会假装交流点思想也挺好,然后边聊边撤。

梭罗是个例外,我一开始就知道他是男的。但他在网上做的"安宁生活"个人网站吸引了我。

他是地地道道的上海人,家境优越。外祖父是国民党著名抗日将领,南京保卫战时牺牲。父母都是复旦大学教授。他自己毕业于北大哲学系,做过政府公务员、大学副教授,现在上海一家房地产公司任高层。多年前他参加团市委的活动到陕北支教两年,和当地人结下深厚的感情。这段生活也改变了他对许多事情的看法。

他在主页里说:"你每天打开电视、网络和报纸,总是被各种广告围困,它们都在告诉你一件事:你不够快乐是因为你还缺少什么东西。你如果再买一幢这样子的别墅就快乐了;你如果再买台这种牌子的跑车就快乐了;你如果到这个地方去度假就快乐了;你如果把衣服和坤包升级换成这种牌子就快乐了……这些广告从人性的弱点切入,把人诱骗得离本心越来越远,因为无论你得到过多少,它都会有办法让你觉得自己还缺少一样什么。"

他认为拼命工作解决不了精神问题,大家其实没必要把自己弄得那么积极向上,赚那么多超出实际需求的钱。让人有幸福感和归宿感的是内心的安宁而不是财富和成功感。

我曾看过一个美国人写的《简单生活读本》，也是对现代人疯狂的工作观念和生活观念进行质疑。实际上，在美国等发达国家已经出现那么一些人，他们信奉简朴的生活，主动放弃大城市的工作，来到大自然中过着朴素而环保的日子，有的还成立低碳社区，自己种植食物，不看电视，用马车赶路，用手洗衣服，他们通过这种多少有点矫枉过正的方式恪守内心的安宁和精神的愉悦。

近些年，这种与现代化生活观相左的思潮也渐渐蔓延到中国。梭罗无疑是忠实的拥趸者和发展者。他的网名就是借自《瓦尔登湖》的作者亨利·戴维·梭罗，而《瓦尔登湖》这本书就是以其崇尚简朴安宁的思想成为少有的散文体世界名著的。

梭罗对时代的许多看法和我很相似。我们还没见面就互相引为知己，虽然他比我年龄要大10岁，学历也要高一截。他在网上搜到过我的一些文章，选了一些放到他的网站上，作为他的观点的延伸性阐述。在他的网站，我也发现其他一些持相同观点的朋友。他们大部分是一些大都市的高薪白领、金领，也不乏始终生活在内地小城镇的教师和农林科技人员。当然，这些人的数量是少的，因为网站的过客总量是很有限的。

梭罗在邮件里说，他准备建立一个"安宁生活"同盟，把网站上一些意趣相投的人联系在一起，定期探讨一些问题，时机成熟就见面聚一下。

离开办公室去公寓的路上，我想，梭罗长得怎样？不会真像那个在森林里住了好几年的美国人吧？这是我第一次对男人的外貌产生猜测的兴趣。

6

韩主任召集新闻传播中心全体人员开会研究《LT月刊》的策划方案,把王铮和行政中心总监也叫上了。王铮穿着灰色的套裙笑嘻嘻出现在多功能厅,手里还端着杯热腾腾的咖啡。她很哆地和大家打招呼,包括主任。

韩主任欠着嘴角以示回应,好像不习惯,但又拿她没办法。

李家梁的金色领带卧在黑色衬衣上,醒目而精神,像一条蓄势待击的深海鱼类。微卷的头发也被摩丝处理得黑亮如漆。他的策划方案存在手提电脑里,事先没有和我沟通,也没打探我的方案。所以当它被幻灯投放到银幕上时,有振聋发聩的效果。李家梁一边讲解,一边用鼠标翻动幻灯片上的内容。他的普通话带着湖北口音,但非常有气势,如同一个开国将领在地图上演示三大战役。

他的板块设计和栏目设置很细也很全面,和《LT报》一样紧扣公司的日常中心工作和销售动态。不过在我看来,除了深度有所拓展,风格和功能同报纸的区别度不是很大。栏目名称也没有新意,和机关刊物一样生硬古板。

他的声音具有除噪剂的作用,把大家引向沉思和认真的记录。这样的安静对我的耳朵形成了压力,有点听不清他在说什么。

我的策划和他风格相去甚远,我更强调企业文化的宣贯和人本精神的确立,甚至还设置了文学随笔之类栏目。我一度以为自己的方案很具品位,听了李家梁的方案,就觉得自己的思路太飘忽了。而且我的方案写在两张折得皱巴巴的信笺上,我不知怎么让它在众人眼里发出光彩。

大家都看着我,许多含义不同的目光交织在一起,把我抬出水面。

我决定率性。先笑着阐明自己和企业文化的距离,比如不太习惯穿西装,还没学会用电脑做幻灯发言稿。我听到有人在窃窃地笑。里面有王铮的声音。笑声撕裂了沉闷的空气,韩主任也改变了正襟危坐的姿态,侧身微笑着嘴期待。

他的姿态鼓励了我。我忽然感觉强调企业文化的宣贯和人本精神的想法可能正是对的。"《LT报》的优势在于时效性和信息量,《LT月刊》则可以在思想深度和文化上做文章,努力成为LT的企业文化的教科书……"我设计的栏目名称风格接近文化时尚类期刊,比如卷首语就叫"LT圣经"。我只花了10分钟就解决了一切,我感到不少人在点头。

忽然安静下来。

韩主任让大家发表意见,行政中心的董总监打哈哈说:"两个人的方案都不错,一个严谨,一个活泼。关键看主任的偏爱了。"

老曲告诉过我,董是个才子,早年在广州的报社时足球评论写得非常了得,但个性太强,当了总监后就没升职。和他同进公司的人大多到各省的营销公司当了地方大员,年收入过百万的都不少,他一直在总裁办没挪窝,年龄比韩主任还长三四岁。近两年他有点油了,对什么都打哈哈,主要精力用在赌球上,有时一次就能赢个十来万。

韩主任没怎么听他说话,用目光向大家征询意见。王铮用笔敲着桌面:"我认为张蒙的方案挺新潮时尚,和报纸也区别开了。"大家也跟着点头附和。

李家梁握拳掩口干咳了一声:"我也觉得张蒙的方案很有创意,我担心的是,它离企业的主业是否远了点。它似乎更像一本放在报刊亭去卖的文化刊物。LT 的风格是务实的,刊物似乎不宜太花哨……"

空气又被拧紧了。许多目光聚焦过来探测我的表情,我低下头,不想作任何回应。

韩主任用一声轻咳拽过大家的注意力:"你们看过《万科周刊》吗?我认为它是中国办得最好的企业内刊。它好就好在没有对企业的经营行为就事论事,而是倡导了一种工作文化和生活文化。我的想法是,LT 也需要一本这样的刊物, 一本可以当做圣经来读的刊物……"李家梁的脸色在韩主任的声音中逐渐黯淡下去。

"我宣布一下新闻传播中心的人事分工,李家梁经理继续主编《LT 报》,任命张蒙为副经理,主编《LT 月刊》,两个人各自对总监负责,在你们总监培训回来前,各自对我负责。"韩主任用出乎所有人意料的人事安排结束了会议。

7

晚上睡得不够踏实，开心，又有些隐忧。老恍惚看见李家梁的眼神。我曾听大家议论，李家梁是韩主任一手栽培起来的，总裁办过去很依仗他的文才。弄不明白的是，既然如此，韩主任就应当很信任李，不应该剥夺李家梁对我的领导权。他为何要我和李家梁各自对他负责呢？

我给王铮发短信，说很想她。没指望她能回，因为都凌晨一点了，她应该睡了。可她马上回了，而且热度比我预期的要高许多，她说："想我就过来看我吧。"

王铮刚从办公室加班回来，在家做一个活动方案。她洗过澡，湿着头发穿着粉红的睡衣歪坐在沙发上，像埃及艳后会见某非洲小国酋长那样接见我。

这是我第一次在这样深的夜色里看见她。客厅的灯熄着，墙壁上反射着从室外透进来的天光和路灯光。她一副和平常决然不同的刻意做出的娇柔表情，噘着嘴，夸我白天在会上表现很棒，然后冲我诉苦，说她手下那几个人都是猪，大事小事都压在她一个人肩上。她喊我名字："你说我苦不苦？"我连声说苦，比长工还苦，提出给她按摩以示慰问。

她想都没想就答应了。

我的手在她腰上揉了没 10 下，就蛇一样往她的前胸游过去了。

她忽地从沙发上弹跳起来,厉声问:"你到底想干什么?!"

我有点难堪,拍拍她的屁股:"你这么性感,我有点想法也正常啊。"

她一甩我的手:"想做爱干吗不早说,又不是纯情少男,磨磨蹭蹭干什么!"

事情发生得居然如此简洁。给我的感觉是,你摆好架势打算经过漫长的助跑跨过前方一道沟,跑到跟前才发现沟其实特别窄,脚轻轻一抬就过去了,助跑因此显得非常多余可笑。

和梦境一点都不同,她一点也不贪婪,甚至一点也不投入,她问我应不应该炒掉她部门的一个每天只吃水果不吃米饭的公关小姐。我刚做完还没来得及从阵地上撤下来修整,她突然抓住我的胳膊兴奋地说:"对,一定要炒掉,不狠心不行了。"

我颇感无趣,怀疑自己性能力是否出了问题,问她:"你爱我吗?"

她哈哈笑起来:"你有毛病啊?你都有老婆了还爱什么爱。"

"那你是不是有很多男朋友?"

她踹了我一脚:"你怎么老问这么农民的问题?!"

我离开时她随口问我:"难道你爱我吗?"

"爱。"我发这个音时有点像咳嗽。

"爱我什么?"

"你很性感啊,也漂亮。"

她识破了我的虚伪似的大度地一笑:"别蒙人了,我漂亮性感什么呀？人家谌琪才真叫漂亮呢。"

谌琪就是我们总裁办副主任兼新闻传播中心的总监，我一到公司就老是在各种场合听见这个名字，但我没见过她，她正在新加坡进行为期半年的培训，还要一两个月才回来。她的名字之所以成为大家的日常用语，一是因为她人漂亮，更主要的，大家都传闻她是大家电公司总经理康文卓的情人。

康文卓是 LT 集团下属公司老总中实力最强年龄最小的少帅，只比我大 6 岁，就有了年薪百万的身价。

8

《LT 月刊》终于诞生了。李家梁只给了我几篇长理论稿，其他都是我在 20 天时间里采写和约来的。

我这个主编，能管的责编只有自己，韩主任原本要求《LT 报》的两个编辑在编好报纸的前提下腾出一小半精力协助我写稿组稿，李家梁以报纸周期短任务重为由，把两个编辑的时间牢牢抓在手里。我没和他计较，第一期刊物，一个人做正好可以充分贯彻自己的编辑意图，文字个性也很鲜明。

刊物出来的第二天，我的 OA（集团电脑办公系统的个人信箱）就收到许多员工的表扬信。中午下班时，韩主任夹着包绕到我的办公台前，眼睛眨得像相机飞快闪动的快门："不错，刊物不错。封面很国际化，内容也可以。'LT 圣经'的稿子很好，总裁都特意看了一下。要坚持下去。"我僵在那里,对如此直接的表扬缺乏应对经验。

王铮从自己的办公台跳过来凑热闹:"还是韩主任有眼力,你看中的人没有不能干的。"

韩主任本来还想说什么,王铮过于随便亲密的声调迫使他把表情肌调整到平时的位置,他清了清嗓子,说:"你们忙吧。"

除了有非常重要的商务活动,韩主任每天中午都要开车回家陪家人吃饭。他一个人养着父母和岳父母两家老人。

我并不感到快乐,而且是一天比一天怀疑自己来 LT 是否对路。企业里赤裸裸的竞争气氛让我觉得胜利和失败一样使人不舒服。

还有一点,我喜欢城市,也很着迷古朴的乡村,可 LT 所处的小镇(它有个普通话发音拗口的名字,我和老曲更习惯把它叫做 LT 镇),既算不上城市,更算不上乡村,没有山,也没有稻田菜园,原本应该生长水稻的地方不断生长出大大小小的工厂和公司。河虽有一条,水却是黑的,河里别说鸭子、鱼和青蛙,就连水草都长不出一根来。四季在这里也被省略成了夏天和秋天,一年到头似乎都过着相同的日子。尤其让我感到孤单的是,身边的人都很习惯和享受这样的日子:工作,攒钱,除了这两样,LT 镇似乎不提供任何其他东西。

我晚上把自己关在房间里看书,到了白天就像被摆上传输带的材料,身不由己地不懈奔跑。

去广州排版那天是稍微有点舒心的日子,在那里不仅有职业经理人,还有各种比我还活得心不在焉的人。在江西时我对广州这种崇尚粤语的商业化城市并无好感,到了 LT,我因为广州有市民生活这一面而改善了对它的印象。

9

老曲拉我去滨海花园的会所里打保龄球。这个按美国白宫模式修建的现代宫殿是公司举行重要庆典的场所,餐饮、住宿、娱乐设施齐全。一到晚上就被金色光芒笼罩,黄澄澄地卧在被灯光照得分外鲜绿的草坪上。

当然,这些设施主要不是给普通员工准备的,只有经理以上职位的管理层和公司客人才能步态从容地出入其中。

老曲办了保龄球馆的贵宾卡,有空时常来这里健身。老曲说:"整天坐在办公室里,不经常锻炼一下不行。"

球馆的墙壁上贴着最高分记录,分男士和女士,老曲的最高分还不到记录的一半,他起跑和抛球的动作也不甚流畅协调,不时暴露出左腿要把右腿绊倒的危险,但他的眼神是坚毅而执著的,似乎打球也是一项必须做好的工作。

我试了一局,手感还行,但对球馆里的硬底球鞋很不适应,脚掌起跑时打滑吃不住力,而且我对教练要我学的抛球时的身体造型感到造作和别扭。我坐在休息台上喝饮料,看着球馆里几十个人对着那些无辜的小白瓶发泄着身体里的压抑和暴力。

不断爆出的喝彩声让我慨叹,老曲确实不是过去的老曲了。在上饶时,我们常缩在街角打五毛钱一局的桌球,打一天也花不了几块钱,而在我喝完一小盒柠檬汁的时间里,他已经把100多块钱狠狠砸进了黑暗的球道了。

老曲大汗淋漓地过来休息。他望着远处一个女人的身影说:"你知道女士的最高分记录是谁吗?就是你们总裁办的副主任谌琪。"他眯着近视眼站了起来:"那个女的好像就是谌琪,她不是在新加坡学习嘛,怎么就回来了?"

我的视力可以考飞行员,顺着老曲的视线看见的是一个穿一套白色运动装的美女,身材高挑(至少有168cm),黑发纷披,她转身来用毛巾擦汗的瞬间,我看到的是一张类似于电影演员杨童舒的迷人面孔,只是,她的脸上只有汗水没有杨童舒那种招牌式的微笑,面颊也比杨童舒更瘦更长些。

"她怎么一个人呐?"

"我每次看她打球基本都是一个人,从前两年就是这样的。其实一个人打球进步更快。"老曲说:"她的性格有点怪,过去分管公关中心时,王铮都很怕她。后来韩主任怕她和王铮处不好,就让她分管新闻传播中心了。"

10

星期一的例会上,我再次看到了谌琪。她穿着藏青色的西式套装,雪白的衬衣领子像套装开出的花瓣醒目而熨帖地翻在外套的衣领上。她的皮肤白得晃人的眼,像是笼罩着一层舞台上才有的高光,以至于我不敢正视她。对于那种没有平民色彩的美女,我向来敬而远之,我喜欢的美女是邻家女孩那种类型的,低调而透明,时刻把善良和温暖装在眼眸里,如果把她带回家,父母邻居都得夸。当然,谌琪倒不是很张扬,但她的默然和零表情的面孔总给人以她始终活在我们不了解的某个世界的感觉。

这次例会,多了一个内容,韩主任让谌琪介绍她在国外学习的心得,在这之前,向她介绍半年中总裁办新引进的员工,其中包括我。她对我们一一颔首打招呼。轮到她介绍心得时,也是极其简洁:"本来还要一个月才回来的,在那边呆得有点腻了。而且我觉得西方人的管理理念也不一定适合 LT,就先回来了。也没什么好说的,以后和大家一起努力吧。"

韩主任似乎习惯了她的随意, 笑着看着几个新员工为她的过于简洁打圆场:"谌主任是上海音乐学院的高材生, 对古典诗词也有研究, 和我的工作风格是互补型的, 我比较刻板, 她比较感性, 以后大家多向她请教。"

他的目光又转向李家梁和我:"尤其是新闻传播中心的人,从现在起,所有的活动一定要先向谌主任汇报。"

谌琪脸上露出并不希望韩主任如此强调的表情,但她最终没有说话。说话的是李家梁,李家梁像军人那样突然挺直胸膛回答:"是,韩主任。"又冲谌琪诉苦似地笑着:"谌主任,一直在盼着你回来呢,这半年我压力大死了。"谌琪微微一笑没多回应。

散会前,韩主任问大家还有没有要说的,以往他说这句客套话时就等于宣告散会了,因为没有谁会在主任做了总结后再补充发言。

李家梁忽然站了起来，越过桌子把一份摊开的划了许多道道的《LT月刊》推滑到我面前，脸冲着韩主任和谌琪的方向说："有些员工反映，刊物上有不少错别字，他们不认识张蒙，把意见信发到了我这里。我觉得《LT月刊》的校对还是要尽快改进。"

韩主任神色一黯，收回欠起的身子问："有重大差错吗？"

李家梁赶紧回答："不知算不算重大差错，都是些常见的字。不过正因为是些不该错的字错了，对我们的形象更不好。"

李家梁举了个例子，有张LT员工举行集体婚礼的照片，图片说明中把结婚时间"2003年"误写成了"20003年"。打字员多打了个"0"，我校对也没有校出来。他笑着说："有个员工开玩笑，说在企业工作太辛苦，他还没有做好多活一万多年的准备。"

韩主任松了口气，望着我："怎么回事？编刊流程中有什么漏洞吗？"

我盯着可笑的"20003"和其他几个被红水笔粗暴地揪出来的小丑似的错别字，头大了一圈。在报社工作时，校对就是我的弱项，常因为没耐心忽略一些原本很容易发现的小错误。但是在严肃的会议上被人冷不丁地指出来，还是第一次。报社最怕的是政治上的差错，同事们谁也不会拿几个普通错别字来大张旗鼓地说事。

我低头承认自己的过失，同时提出正规的期刊对稿件都是有三审三校的，希望能再配个编辑和自己一起做。

韩主任对谌琪说："我们要把《LT月刊》做成品牌，是要给张蒙配个编辑，你看能否从《LT报》抽个人过来？"

谌琪当即表态:"好,我去落实一下,以后我也帮着校对一下。"

11

我以为王铮和我的关系会有所变化,要么对我越来越亲近,要么越来越凶,像对待老公那样肆无忌惮。事实并非如此,那件通常会改变一个女人和男人关系的事对她没有任何影响,似乎那天晚上我们只是做了一次礼节性的拥抱而不是其他。她照旧把所有的精力投入到疯狂的工作当中——不断地在电话里和人吵架,有时顺便把火发到我头上,事后又小女生似的来讨好我。

我对此感到庆幸,我不怎么愿意和这个工作狂人有过多的瓜葛。她让我感到屈辱,并对公司里其他女性的心理健康深感怀疑。

此后,我去她的床上玩过两次,她依旧是一边运动一边谈公司的人事,就像一个人一边刷着牙一边和你说着话。

最后一次从她卧室出来,我在心里对自己说:以后就算是饿死,也不来这里乞食了。

12

在饶州的前女朋友给我打电话,说她还是不能忘记我,她父母听说我现在的薪水是过去5倍后, 对我们的事也表示可以重新考虑。当然，除了经济条件，她父母当时对我不满意的另一个原因是：我当时已从饶州借用到上饶的《信州日报》工作了一年多，却始终没有办好调入手续，因为我不愿父母拿出他们养老的积蓄替我交2万元的城市增容费，现在这个问题不存在了，来LT根本不需要编制。

这个我过去以为离开她我就没法活的女人，现在让我觉得有点恶心。她虽然一直很爱我并因此和她父母对抗了两年，但在她母亲以死相逼后，她把我推向了无助的深渊，提出暂时分手麻痹她父母，并背着我和她父母介绍的县委秘书接触。

在那个并不属于我的城市，我度过了一个耻辱而孤独的秋天，也直接导致了我的逃离。我来广东的动机之一是，等赚够100万后，回老家去狠狠羞辱那对仕途不得意的小官僚。当然，这样的念头在我得知女朋友开始和别人约会后立刻消散了。

我知道这个女人和她的家人不会和我有任何关系了，哪怕是仇恨，也不能维系我对他们的记忆。

她在电话里放声大哭，说她和那个秘书连手都没拉过，她只是为了敷衍父母才和他见过几次面，交往3次后就没理他了，在我结婚前她不可能爱上任何其他人。

这个我倒不大怀疑。以自我为中心的男人确实容易滋长这种盲目的自信。但她对我的伤害也是我不可能忘记的。

我绝对不会接受一面修补过的镜子。

我在她哭声的间歇里狠毒地插进一句话："我在这边已经找了女朋友，她比你漂亮，像杨童舒那样漂亮。"

她的哭声虚弱地沉落下去，接着又从听筒深处喷薄而出，像街边的自来水管道突然爆裂。

13

突然接到梭罗的电话，他出差路过广州，可以在那里停留一个中午，问我是否有空去打个照面。我正在旁听集团的高层会议。各事业部和分公司的老总向总裁和副总裁们汇报本季度的销售业绩和赢利情况。王铮她们那个部门负责照料会场，总裁办经理以上的职员参加旁听。

总裁是 LT 镇人，只读过初中，上世纪 70 年代，他就用手工做了一台小电风扇，眼下陈列在公司史料馆的玻璃橱窗里。LT 这个中国家电巨头就是他用这台小风扇孵化出来的。他的个人资产可以排在中国富豪榜的前列，但他从不轻易在媒体前露面，和本省的行政官员也保持着清醒的距离，甚至很少在自己的员工面前亮相，一年有一大半时间在国外考察。许多知道 LT 的人，却不知道他的大名，和许多个人名气比企业名气还大的企业家风格完全相反。老曲说，这是他见过的最聪明最大气的农民。

这个中国最聪明的农民开会时姿态像老鹰，身体始终前倾，眼睛锐利地抓住汇报者的脸部，根据对方报出的数据飞速改变着自己的神态，有时甚至会弹跳起来，像一个集团军总司令骂一个吃败仗的师长那样，用难懂的方言宣泄着不满与不屑。

与会的老总大多出身中国最有名的大学，有些还是刚从太平洋那边游回来的海龟，可是在这个穿着西装、只会说粤语的老农民面前，一个个紧张得像生怕答错题的小学生。

会议室的温度是中央空调控制的，而里面的气氛完全由这只讲粤语的老鹰掌控，他的目光一打结，几十个人的心脏就会像上紧发条一样充满着不安的等待。

驻上海的区域经理销售业绩连续两个季度未达标，他还没汇报完毕，脸上的汗已淌得像是头发的丛林里爆发了山洪。和他隔着两三米远，我都能闻到热汗从油性头发里蒸发出的带着恐惧气息的馊味。

总裁用一声"嗨"切断了他的声音，用粤语鄙夷地说："这点点数字你还好意思讲那么久，你知不知羞？下季度还是这样来这里汇报的人就不是你啦。"这个农民的智慧和低调让我敬佩，而他对下属尊严的极端蔑视令我脊背发凉。

谌琪坐在我左前方，始终低着头想自己的事，一只耳朵里还塞着耳机，下面连着的不知是手机还是MP3。会议室里的云卷云舒似乎对她没有影响。

接到梭罗电话时，会议已开了一大半，总裁脸上有了微笑的迹象，因为本季度的总体情况令他很满意。会议室里开始有了笑声和臀部更换坐姿时带动座椅的声响，有的人起身去洗手间。我的座位在靠近小门的一个不起眼的角落。我想，等到会议结束再去广州，下午就赶不到上班了。一个旁听的小副经理的消失是不会引起任何人注意的。我假装上洗手间，出会议室后就飞速跑出了集团大楼。

14

我在广珠公路边拦了辆出租车,以赶飞机的速度往广州狂奔,梭罗在一家邮局书店旁边的茶餐厅等我。

在番禺,高速路上的一辆运香蕉的大货车因车多被挤倒在路边引起塞车,结果耽搁了我近一个小时。我赶到茶餐厅时,梭罗已有些坐不住了,他不停看表起身张望的样子让我一下子认出了他:个子比网上的照片看上去要高很多,差不多有一米八吧,脸比照片更瘦更苍白,但他的眼神是温暖的,像只北方来的绵羊。

"我只能坐20分钟了,还要到白云机场坐飞机去成都参加一个国际会议。时间太紧迫了。"他说。然后招呼我吃菜:"对不起,我不吃肉的,只点了几个素菜,你加两个你爱吃的荤菜吧。"

"我是素食主义者,我们家祖上有很多代都是屠夫。我曾祖父那辈才放弃这门职业,从爷爷那代开始全家都食素了,职业也大多和园艺、教书有关。可是我并不反对别人吃肉。"梭罗语速极慢,一字一顿,声音文弱却温厚。

他不吃肉,却愿意喝酒,十几分钟里,我们喝了4瓶啤酒。

习惯了在网上交流,突然坐到对面语言还真有点障碍。我有点找不到状态。梭罗不断挑起话题,他说能想象我在广东企业里的孤独和痛苦:"公司化并不是现代化的标准内涵。现代文明的构建要以尊重人生的多样性为前提。生命的有效期其实是很有限的,许多人是过了保质期才发现激情不再,过了有效期才感叹浮生若梦。我觉得你还是更适合当一名作家。你有没有想过这个问题?"

"我从高中开始就在报刊上发表作品,现在也还想写点东西,就是状态不如从前。"

"发表不发表都没关系,写得好坏甚至也不是太重要,我指的是,把写作当做一种生活方式,像三毛,或者美国的梭罗,建立自己独特的生活方式和心灵世界。"他说的这些,是我许多年的理想,但我从来也只是作为远景规划想想而已,并没有分析它的现实操作性。他的提醒让我大脑里的某根神经颤动了一下。

"我和我爱人商量好了,今年秋天或者最晚年底,等我们再多攒些钱,就回陕北去。我们已经在那里捐建了一所希望小学,以后就在那里教书,再做点园艺研究,从容地度过后半生……"他望着窗外的人流,似乎是在对我告白,又似乎是在说给自己听。

我心里有点感动,但并没有让这种情绪从脸上冒出来。我不知道他确实是有了果决的计划,还是随口说说以表达某种心情。我在大学里遇见不少这样的人,背弃自己的某些宣言比背弃一个女孩子还容易,但你又不好对此说什么,他至少在宣告心迹的那个瞬间是诚挚而认真的。

梭罗坐了不到 20 分钟,就打车赶往白云机场了。我到隔壁的书店买了本《宗教简史》和刚出的一本《散文海外版》,又到附近的街心公园坐了会儿。

一些老人在那里看报,下棋,遛狗,慢步走;一对逃学的高中生模样的年轻人在长椅上练习接吻，从新鲜的树叶间漏下的春日阳光洒在他们裸露的手臂上，一寸一寸地移动。这种庸常散漫的日常生活细节在LT是看不见的。LT滨海花园里有许多金属长椅，但是没有谁有空坐在那晒太阳，即使是在晚上，也看不见情侣。有一万多年轻人的LT好像是一个只生产电器不生产爱情的地方。

那些年轻人是怎么解决性的压迫的呢？是根本不要爱？还是像王铮那样，对爱是只做不谈，一边做一边和你讨论部门的人事安排？我是怀着这样的疑问离开广州回到公司的。

15

总裁办下午是一点钟打卡，我冲进集团办公大楼的自动玻璃门时，已是下午 2 点 50 分了，这意味着我又将因为迟到被扣掉100 元。这个月我已经被扣了一次 100 元了，还因在工作日忘了打领带被罚款 50 元。

王铮刚好抱着文件夹从办公室往外走，一把将我拉到一边的吸烟室里："你小心点，李家梁可能在谌琪那里告你状了。你不仅开会早退，下午上班又迟到，你还想不想在 LT 混啊？！"

她自以为是的口气让我很不舒服，我没说话想走。

她又换了口气说："李家梁这个臭农民，韩主任早就嫌他了，只是苦于找不到合适的人取代他，你一定要灭了他。"王铮曾和李家梁在同一个部门共过事，两个人又都是很敬业好表现的，一直处得不愉快。

"谌主任找我了吗？"

"是，她很听李家梁的。"

这让我很不解："她很欣赏李家梁吗？"

"不是欣赏，你不知道，谌琪不爱管事，以前新闻传播中心的事都是让李家梁去做的。这个农民，就以为那个总监的位置非他莫属，他也不想想，韩主任为什么宁可要谌琪兼总监，也不把位置让给他。"王铮还想继续给我分析下去，我擦了把汗直奔办公室。

大家都在各自的办公台后埋头敲键盘打电话，只有李家梁站起来迎接我："老张，怎么突然失踪了？以后出去办事，还是打个招呼比较好。"李家梁只比我小两岁，但从我成为他同事的第一天，他就叫我老张，以示随意和亲近。当然，也可能是提示我，他比我更年轻有为。

我是觉得在上午的大会上找谌琪请假不方便才采取了溜号的做法，李家梁的意见确实没错，我点头表示认同并致歉。

"哦，刚才谌主任找你，你去她办公室一下吧。"他拍拍我肩头，目光像王铮那样似乎充满了担心和关切。

我敲开谌琪的办公室时，紧张得妨碍了呼吸。

她正在以一种很私人的表情打一个显然持续了很久的电话，我的到来似乎给她结束电话提供了契机，她故意提高了嗓音招呼我坐下，然后放下了电话。我感觉她还利用这个时间打量了一下我。

"听韩主任说，你是个作家？"她边收拾桌上的苹果皮边问我。

"是，我比较喜欢写东西。"我心里说的另一句话是，"上班时她桌上怎么会有苹果皮呢？"

"那你怎么要到企业来工作？在报社不是更适合写东西吗？"

这个问题当初韩主任面试我时也问过。我当时的回答是想转型做职业经理人，因为这个时代创富比创作更能证明自身的价值。那是老曲教我说的，并不完全真实。韩主任对那个答案很满意。面对谌琪，我忽然换了一种回答："主要是朋友介绍来的，我也想体验一下所谓白领的生活。"

从她脸上看不出这个回答的得分，她沉吟片刻，问我："李经理想把小王分给你做编辑，你有什么意见？"

新闻传播中心只有两个刚毕业的女大学生参与报刊的编辑工作，和另一个相比，小王外表可以，但能力很差，整天就琢磨着找个钻石王老五把自己嫁掉。我受不了她那种以俗为美的坦率劲，因此极少和她搭话，她也常用看另类的眼神打量我，似乎比王铮还受不了我对企业的隔膜状态。我早就猜到李家梁会坚持把她匀给我。我只能接受这样的局面。

"你没意见就行，那我通知小王从今天起就归你调配。其他没事了。"她始终没提我担心的事，不知是李家梁没像王铮说的那样告我的状，还是谌琪故意不谈此事。

16

阳光持续地晴热刺眼。马上就五一长假了，在检察院工作的老吴和在县委报道组写新闻报道的张能清先后从老家饶州打电话来询问我的近况，问我假期是否可能回江西。他们是我多年的同学和朋友，既热切地盼望我在广东扎下根来，又想我多回家去走走，搅动一下他们过于死气沉沉的生活。

我问那边的气候怎样。老吴垂头丧气地说："除了下雨还是下雨，人天天闷在屋子里，都快生根发芽了。"

他的叹息给我打开的是一幅湿意和诗意都很丰沛的江南画卷：无边的油菜花和几株烟柳笼罩在凉丝丝的雨雾里；水田里禾苗在噗噗地喝水，青蛙和鱼在水沟里悄悄怀孕；一头在栏里憋了一冬的水牛，抖动着枯涩体毛尖端的雨星咯吱咯吱啃啮着汁液横流的新草。

我非常想回去呼吸一下这湿意和诗意，但是韩主任已经做了安排，总裁办职员五一集体去广西旅游，无特殊原因不能请假。

LT 的企业文化就是这样，平常要求你拼命工作，假期要求你拼命玩。

目的地是广西贺州的一个影视基地，一个 20 岁出头的导游举着小旗把我们 30 多号人领进旅行社的中巴车，然后一路咋咋呼呼地给我们说笑话唱歌，就像放鸭人管理着她的一群鸭子。

韩主任坐在司机身后的双人座上,边上的位子没人敢坐。王铮陪谌琪坐在我的左前方,比导游还卖力地对大家使用着自己的嘴巴。我和大家都不是特别熟,特意挑了右侧的单人座,方便在路上安静地看风景打瞌睡。

导游一个接一个地讲半荤半素的段子,逗得满车人不时爆炸一样地笑,显然有借机装疯的意思,就像弹簧,平常在办公室压抑久了,一有机会就加倍反弹释放自己。王铮是众多弹簧中的一只。

韩主任的背影有些孤单,偶尔回头打量时,嘴角挂着矜持的笑。谌琪的脸上从不会出现和段子的内容相关的反应,专心地听着MP3。

汽车往西北方向疾驰,城镇逐渐减少,山林和稻田逐渐显现,这些东西在广州附近是绝难看到的。这令我心情变得舒畅。

中午在肇庆市的一个小镇上吃饭,大家兴致很高,点了几箱啤酒,几个北方人还喝起了白酒。李家梁红着脸从他那一桌过来,拍着我肩膀要喝白酒,表情真诚率真得像是吵过架后的兄弟。我有点感动,一口气和他连干了4小杯。再上车时,大脑稍稍有点兴奋。

"主任,你出来旅游怎么也这么严肃啊?我陪你聊会吧。"王铮上车时,见谌琪已经靠窗户上打瞌睡了,就顺势跟着韩主任坐到了前面。

导游继续和大家有一搭没一搭地讲笑话互相调笑。车外的芭蕉林越来越浓密了,吹进车的风明显凉了许多。谌琪坐直起来,双手要关半开的窗户,试了两次都没有成功。我猫起身犹豫着,被导游看到,她用旗子指着我:"靓仔,快去帮帮美女。"

我只用了左手就把窗户给关上了,谌琪笑笑表示感谢。王铮为了在前面坐得踏实点, 掉头吩咐我:"你就坐在那替我陪陪谌主任吧。"我看着谌琪,她身子往窗玻璃那侧靠了靠,问我:"要不要这边坐?"

我坐下,花了三四秒钟才放妥双手。

都没有刻意寻找话题。我不时侧脸越过她的鼻尖眺望窗外掠过的田畴,她处在我的视线必经路径上,有些不自在,说:"我们换个位子吧。"我们对换了位子,身体的移动驱散了睡意,她摘下耳机问:"你好像很喜欢外面的风景?"

我点头:"好久没见过这样开阔的田野了,广东好像没有空闲的田地了。"

她也点点头,接着问:"那你很喜欢旅游?"

"旅游倒不是很喜欢,我不怎么愿意看那些很有名的景点,更愿意一个人随便走走。"

"为什么?"她直起身子来打量我。

"那些名山大川,你是抱着期待去的,风景再好也不会有惊喜。而且那样的地方人往往比野生动物还多,有时简直不是在看风景,而是在看游客。"

"是吗?"她被我的歪论逗笑了。

我难得看到她笑,而且是这样的笑,因为好奇而略略显现些稚气。"那你是不是特别偏爱乡村风光?"她又问。

"城市是人造的,乡村是神造的。"我背了一句某外国诗人的名言。

她点点头,若有所思。然后同我讲述她在欧洲旅游时看到的古典乡村。

"相比而言,中国的乡村好像没那么干净,生活也太贫困。"她这么说着,也跟着我一起向窗外打量。

17

晚上到达贺州,晚饭后大家去歌厅唱歌。

主意是王铮出的,韩主任本来准备回房间休息的,说大家都累了。王铮冲着他撒娇:"主任,你这哪像是带我们出来旅游啊?才9点就睡觉,搞得像敬老院似的。"韩主任讪讪地笑:"那你们安排吧,我跟过去坐坐给你们埋单。"王铮领着大家在街上走了个圈,觉得这里夜生活太单调,就找了个夜总会开包厢唱歌。

王铮讨好地拉着谌琪:"谌姐,好久没听你唱歌了,我们这帮人里就数你唱得专业。康总每次听你唱歌,眼睛都发直哦。"我刚好走在边上,谌琪余光扫着我:"我是学钢琴的不是学声乐的,不要乱宣传我。"

包厢光线昏暗压抑,给人强烈的暧昧感。很显然,平常的生意不是太好,沙发里潜伏的霉味呛得我喉咙发痒。王铮吆喝着服务生开排气扇上茶点。

很意外的是,这里音响很好,比LT会所的音响都要清晰有磁性。王铮领头,大家挨个吼歌,几乎都是粤语歌,粤语像浓稠的水,包围并淹没我。

我一直憋着,等着用普通话狠狠地爆破一下粤语编织的囚笼。

韩主任坚持只埋单不唱歌,谌琪在王铮的再三要求下唱了一首杨钰莹的《我不想说》,果然是原声的效果。她演唱时,表情和歌词一样忧伤,唱完回到沙发上时,埋头喝自己的饮料,并不理会大家的掌声。

其实这掌声里并不全是客套,她唱得确实非常好,可能她已经习惯于把所有的掌声当做礼貌,或者说,她已经得了掌声麻木症。

在下一个人的曲目前奏响起时,我凑到谌琪面前问:"你是学声乐的吧?"其实我已经听见她其实是学器乐的。她微微笑了笑:"我是学钢琴的。"

"你比我认识的许多学声乐的唱得更好。"

"谢谢。"她低下头继续喝饮料。

唱歌算得上我的强项,以前还曾在县总工会歌舞厅当过业余歌手,只是在座的这些人,没有人知道这点,所以当我开始唱《雪绒花》时,大家都在王铮的带领下发出尖叫,连韩主任也点着头和身边的人交流心得。谌琪也从沉默中抬起头来,默默地听着。

我回到座位时,王铮端着啤酒来祝贺我演出成功:"没想到你还有这一手。"她又调过头去找谌琪:"我觉得你们如果合唱一首肯定很轰动。"谌琪摇头谦虚道:"他唱得好,我不行。"我凑过去问她:"《请跟我来》你肯定会吧。"她点点头。我立马叫服务员点了这首老歌。

我能感觉到,谌琪有些不习惯,不知是对和我对唱不习惯,还是对这首歌不习惯,轮到我唱时,她站在一边,脸上的皮肤有点绷紧和发红。

　　合作还是非常成功,她虽然学的是钢琴,声乐也肯定训练过,只是不时露出共鸣发声法的痕迹,在唱通俗歌曲时,略显得有点华丽。回到沙发上时,我随机坐到她身边。掌声还在轰鸣,有人甚至肉麻地起哄:"歌坛又诞生了一对金童玉女!"谌琪不说话,起身出去用了一下洗手间,等包厢的气氛冷却下来才回来,继续坐在我身边,脸上有补过妆的迹象。

　　"你学过唱歌吧?"她问我,她的怀疑看上去是真诚的。

　　"没有没有,只是有点喜欢唱歌而已。"

　　"你唱歌时音色和说话时差别很大。"她说,然后把身子仰在沙发靠背上听其他人唱歌。

18

　　和谌琪的这次合作,为我赢得了很自然地走在她身边的权利,如果在昨天之前我这样做,大家会感觉突兀,现在似乎很正常了。我有意让昨晚的合作,在歌声的余音里延伸到其他领域。

　　第二天我们去影视基地爬山时,始终陪着韩主任的王铮批评我:"你跟在美女领导后面,也不帮她拎包!"这样我又进一步获得了帮她拎包的差使。李家梁一开始也跟在谌琪后边,有机会就上前提点工作上的建议。谌琪并无多大兴趣,不管他说什么都是"嗯"一下表示听见了。

她穿了身天雪白的猎装式户外服，戴着茶色墨镜往四周的山峰打量，像个骄傲的电影明星。

李家梁拍拍我肩头的女包背带："老张，美差呀。"我点点头大声回答："对，是美差啊。"他觉得没趣，便往前追赶其他同事去了。

这个基地因为拍过一部名叫《酒是故乡醇》的电视连续剧，留下了几个仿古酿酒作坊，作坊在山顶的一块盆地中间，用木栅栏围着，一条山溪从院门前的吊桥下淙淙而过，在巨大的岩石上撞击出无数晶亮的小珍珠。有些从香港来的游客在溪水里嬉戏，用尖利的叫声夸大着自己的快乐。大家都在作坊里转来转去，比照电视剧和基地的景致的同与异。

谌琪从包里取出数码相机，让我给她拍照，她说挺喜欢四周被雾拦腰隔断的山峰。我说其实这里的景色在我老家很普通。

她问我老家在哪里。

"饶州，鄱阳湖边上。"

"鄱阳湖边不是平原吗？怎么还有高山？"

"我们是全国最大的县之一，南边是平原，北边是高山，一个鄱南人和一个鄱北人见面，没翻译都对不了话的。"她很惊奇，并把惊奇表达出来："一个县会有这么大呀，都抵上欧洲的一个小国家了吧。"

"有机会我带你去看看吧，顺便参观一下鄱阳湖。"

"好啊。"她愉快地答应，不完全像是客套。

吊桥外有一条沙子马路，蛇行着伸往山里。一个矮小黝黑的老头牵着两匹枣色的马在那里守株待兔。

谌琪走过去,拍了拍马背,对我说这马是用来拉车的,不是用来赛跑的。

老头听她那样说,情绪很激动,说马是从蒙古买来的,很有耐力的。他说的是和粤语类似的广西话,谌琪基本能听懂,发现自己的话可能伤害了他,就问我:"那我们就骑骑吧?"

我一直很想骑马,现在有美女领导邀请,当然非常激动。我想扶谌琪上马,她自己一踩蹬攀鞍就跃上去了,我自己上马时却出了问题,踩蹬的脚不住地晃,找不准重心,老头扶了一下我才上去。

我们骑着马往山里走,老头在后面小跑跟着。谌琪问老头:"大伯,我们跑会儿马行吗?"老头说:"那得每匹马加10块钱。"谌琪说:"行。"用手抖了抖缰绳,马就得得地小跑起来,并不断提速。

我的马也跟着跑,我使劲抓住鞍上的大铁环,身子还是无法坐稳,随时都有要摔下去的可能。我想我的脸色一定是惨白的。

谌琪指挥我:"脚踩稳蹬,身子放松,顺着马的节奏在鞍上起落。"她的方法果然有效,虽然心里仍盼望马立刻停下来,但滚鞍落马的趋势基本控制住了。

我们在山路上跑了一个来回,谌琪最后多付给老头一倍的费用。老头笑得露出了残缺的牙床,我则笑得有些难堪,因为她不肯我付钱。LT人都是这样,和上司出门消费,都是由上司埋单;另一个原因,我刚才骑马的样子实在恐怖,和自己设想的英姿飒爽的风度相差太远。

往回走的路上,谌琪说她在新加坡别的没学会,每周都会去骑一次马。都是退役的国际赛马,比这两匹要高半截,第一次骑比我今天还狼狈。

虽然有这些话在安慰我,我脸上还是一阵一阵地发烧。我心里想,如果今天目睹我熊样的人不是谌琪是王铮,我会不会如此在意自己的表现呢?

正想着王铮,就听见她在喊我的名字:"张蒙,你把我的美女姐姐拐骗到哪里去了?!"她和大队人马聚在吊桥外的路口等我们。谌琪大方地说:"我们骑了会儿马。"导游扬着小旗:"哇,靓仔带着美女骑马,好浪漫哦。"王铮也继续起哄:"怪不得,打你手机故意不接,我还以为你带着美女姐姐私奔了呢。"大家哄笑。谌琪倒不介意,韩主任皱着眉批评王铮:"不要乱说话,我们去下一个景点看看。"

19

晚饭后,车子载着我们往回赶。本来是计划第二天回广东的,韩主任接到总裁的电话要回去处理点事,贺州也确实没多少地方可看的,大家就决定跟他一起回公司。我继续坐在谌琪旁边。

前半个小时,一些刚大学毕业的小伙子还在和导游高声谈笑,暮色朦胧了窗外的景色之后,打瞌睡的人渐次多了起来。司机放了会儿粤语歌,见大家都想睡觉,就把音响关了,车胎飞速摩擦柏油路面的沙沙声悬浮在空气中,听上去单调而舒适。

我没有睡意,很想和谌琪聊聊,但是过度的安静使得任何人声都显得突兀,我放弃了这样的打算,不时侧脸看她的表情,她没有取下墨镜,所以看不清眼神,但嘴角冲我微微表示了一下笑意。我心里很满足,同时也突然非常想知道她和康文卓的关系到底是怎么回事。

康文卓我见过多次,和韩主任一样,气质偏儒雅,只是比韩主任更高更瘦,性格也更欧化,和下属之间沟通良好,据说在清华读书时就是学生会的领袖。谌琪和他有染我一点不奇怪,奇怪的是她为什么只是做他的情人而没有成为太太呢?听说康文卓的太太是广东本地人,我不相信她会比谌琪更优秀。

右肩被轻轻碰了一下,是谌琪的头不小心倒斜了过来。她调整姿势坐正了身子。大约10分钟后,她再次在昏睡中把头靠在我肩头,惊醒后赶紧对我轻声说了句对不起,我也轻声说:"没事,如果愿意的话你就靠在上面吧,我的肩膀会觉得很幸福的。"

当她的头第三次不小心滑靠在我肩头时,就再也没有移开,同时,一种淡而醉人的洗发水的味道把我的头颅环抱在它的暗香里。车厢内暗得什么也看不清,我的眼睛像穴居毛皮动物那样漆黑地亮着,心里有一只小气球在不断地跃起,想要挣脱某根看不见的细线。

20

五一之后,总裁办开始筹备LT成立20周年的庆典活动,韩主任下达任务,近5个月之内,各部门在做好日常工作外,要抽出时间互相协作做好3个活动:搞好一次图片展;做好一本画册;搞好一场大型庆祝酒会。我和李家梁一要在报刊上做相关策划专题,二要参与画册的选稿和撰文。

韩主任对这次纪念活动特别重视,这次系列活动的成败,会直接关系到他和其他同级高管竞争的成败,办得漂亮让总裁高兴了,他就可能在楼梯上再往上登一级,办砸了,则可能连现在的职位都保不住直接跌落地面。私营企业里就是这样,任何一次失误都可能是致命的,因为每个职位周围都环伺着许多觊觎的眼睛。

韩主任不停地召集相关人员开大会和小会,把压力和危机意识层层分解,他反复强调的是:"任何一个人,任何一个细节都要做到万无一失。"有时会议快散,大家开始收拾笔记本时,他会突然兀自陷入沉思:"还有什么情况是没预料到的,再想想……"

我翻看了过去的宣传画册和一些图片资料,发现手里能选用的图片大多是公司的业余摄影通讯员拍的,也不是没有媒体的新闻记者搞的摄影报道,但图片的新闻性太强,艺术性很差,把这些图片放在一起做成展览和画册,不管怎么编排都形不成视觉和心理上的冲击力。

在一次会议上,我提出创意:"能否根据此次纪念活动的特点,邀请一批艺术功底很好的大报刊的摄影名家来企业采风,要求他们在各自的媒体上发表部分图片,然后把采风拍的图片留下来做展览和画册?"

谌琪看着我,虽然不说话,神情是明显赞许的倾向。在几乎所有的会议上,她基本不发表自己的见解,她分管的工作主要还是由韩主任定夺,即使韩主任征询她的意见她也不会在"是"和"不是"之外多说几个字。我甚至怀疑,她是否会认真听大家的发言。她的目光总是很虚地看着某个地方,这显示着她的思绪总是游离在现场气氛之外。这样的状态,如果出现在别人身上,早就被总裁办淘汰了,但是韩主任对她始终宽容而尊重。

谌琪对会议冷漠到了如此程度,从不正眼去看正在滔滔不绝发表高见的人。但是此刻,她的目光焦点落在我的额头上,烫得我头脑里有东西在暖暖地融化。

李家梁看着韩主任:"我认为张蒙的意见可行,我们干脆就把这次采风也作为一个活动来做,到时请总裁出席首发式接受摄影名家采访,做出新闻点,这次活动的名字就叫——镜头中的LT。"

韩主任从沉思里振作起来:"好,这个创意很好,既解决了展览和画册的资源问题,也形成了和媒体的互动。这样吧,你们马上拟出摄影家名单,先按每个摄影家两万块钱的标准把经费报告打上来。"

21

吃过晚饭,老曲请我去LT会所打保龄球,他几乎是我在公司唯一的社交。

我们一边打球,一边聊一些公司和生活上的事。

老曲刚做了一个重要决定，准备离开厨具公司总部去贵州当区域经理。

区域经理的收入直接和业绩挂钩，从稳定的角度讲，自然不如在总部办公室当副主任，但是不少人就是在区域经理的职位上一夜暴富的；与此同时，许多人也是在这种职位上马失前蹄，被淘汰出 LT 的。老曲说："年纪大了，不赌一把不行啊。老话说得好，好汉不赚有数的钱。"

我无法对老曲的选择作出判断，更不能给他意见，他也没指望从我这里得到额外的动力和鼓励。到 LT 后，我和他的关系完全不同于过去，在任何事情上都是他懂得比我多。

我们打了一局，谌琪也来了，依然是一个人。我招呼她，她也认识老曲，就在我们旁边的球道打球。她打球时十分专注，并不多理会我，同在广西旅游时判若两人。

老曲奋力挥汗，我的目光不时地去找谌琪，她抛球时的身姿接近舞蹈，优美而不造作，而且效率很高，一出手基本都是 10 分，就像职业运动员。她一口气打了 9 局，才停下来擦汗，问我们是否还要打。我和老曲早就喝着矿泉水歇在一边等她了。她见状到服务台刷卡埋单，顺便把我们的单也埋了。虽然企业有上司给下属埋单的习惯，但老曲毕竟不是她的直接下属。老曲过意不去，提出请她去茶座喝咖啡以示回报。

谌琪看着我："你们爱喝咖啡吗？"我点点头。

她伸手从包里掏出车钥匙，说："会所的咖啡都是速溶的，不好喝。这样吧，我请你们去我那里喝现磨的咖啡。"

这对我而言当然是个好主意,老曲本来有准备谢绝的意思,看到我积极响应的表情,也不好表示反对。

还有些距离,遥控器就已把银灰色本田的门锁打开,谌琪径直上前,优雅自如地跨入驾驶座,我和老曲把自己塞进后排,手脚略有点拘谨。

出乎意料,谌琪并没有住在滨海花园,车子在花园里兜了半圈,直接开往离公司更远的碧桂园。更出乎我意料的是,她的房子比王铮的更小些,是个只有108平方米的中小户型,厨房基本没什么东西,整个家没有烟火味,更像宾馆的豪华套间,很醒目的是客厅的一台白色三角台式钢琴,以及阳台玻璃门内侧的白纱幔。我在王铮家里看到的东西这里没有,我在这里看到的东西在王铮那里也没有,特别是白纱幔,我当初还建议王铮去买一幅,在这里却变成了现实,它在夜风下无声地起舞,让人的情绪也跟着飞扬。

谌琪招呼我们在沙发上坐下,随手打开音响,一段不太熟悉却很静心的钢琴曲的旋律像空调的冷气一样,瞬间洋溢着盈满了客厅。她在小厅里煮咖啡,咖啡豆的香气融汇到音流里。

老曲坐在那儿有点不适应,想开电视又怕干扰音乐,歪着头翻着沙发上的时装杂志。我则掩饰不住陶醉感。这间屋子里的气氛太符合我的德行,已经远远不是感动了,我清楚地知道自己对这间屋子和它的主人产生了强烈的好感。

咖啡端过来时,老曲的手机响起来了,他的主任要他马上给贵州发送一个重要传真,他必须马上去公司。他起身告辞时用眼睛征询我的意见。我用眼睛去问谌琪,她并无明确的态度,我对老曲说:

"我还是喝完咖啡再走吧。"老曲沉默了瞬间,没有再说什么。

22

门关上时,出现了短暂的失语状态,谌琪不说话,我也忽然什么也说不出来,就埋头喝咖啡,然后不停地赞叹:"好香,确实好香,咖啡香,这音乐也很香。"这样的语言使空气松弛起来。谌琪在办公室给人的印象总是严肃和漠然的, 但是在和我私下里交往时又是感性而有些好奇心的。

我有种奇怪的自信,她并不会轻易让其他人看到她这一面。

我们谈了一会儿《神秘园》和其他轻音乐,两个人对音乐的偏爱惊人地一致。空气有升温的迹象,我提要求,想听她弹钢琴。她断然地摇头,说很久没好好练过了。我说这是我刚来 LT 时就有的愿望。

她警惕地看着我:"你刚来时我还在新加坡。你怎么知道我?"我正想解释,她甩甩头发:"我知道了,他们跟你说的吧……其实他们说的并不完全符合事实。"

"但是钢琴弹得好这点肯定是真的,我深信。至少《献给爱丽丝》会弹吧?"她释然一笑:"这个当然没问题。这是钢琴的标志性曲目,钢琴五六级的小朋友都会的。"

"我就爱听这个,那些和弦过于繁复的名曲你弹得再好我也听不出来。音乐还是简洁点更有力量。"

可能是我最后一句话说服了她,她改变主意坐到了钢琴前。

她弹完时,我很响地鼓掌,她脸上是对自己很不满意的遗憾:"后面一段的节奏还是稍快了点,很久没碰琴了。"

　　我听上去的确非常好,除了一些电声配器太华丽滥俗的碟子,现实场景中,我只在西餐厅听人演奏过这曲子,不少人弹到后面的变奏就乱,谌琪不会,她所说的快我也听不出来。我热情地赞美她,并请求她把手指给我看一下,似乎要目测手指的长度,她把右手的食指递给我,我接过来,飞快地用唇碰了一下。

　　她退回到沙发上,脸色下沉。

　　"对不起,我觉得它太伟大了,能制造出那么美好的声音。"

　　"你是不是经常用这种方式骗女孩子?"她的语气听不出是责备还是好奇。

　　"不对,我没有谈过会弹钢琴的女朋友。"

　　"你谈过几个女朋友?"

　　"四五个吧。"我不想对她撒谎,我和王铮第一次睡觉时,没说过几句真话,对以前交往的其他女孩我也习惯于如此。不是刻意要骗人,对于大多女孩我没有真诚表达的欲望,我习惯于在她们面前半真半假地说话,有时还特意展示她们并不喜欢的一面。如果这样她仍然在意我,我就会感到安全。

　　可能是第一次恋爱耗尽了我的真诚,也可以说,我已经不敢在女性面前暴露真诚。

　　在谌琪面前,我又回到了18岁时的状态,急切地想用真话和所有自以为的优点去打动对方。

　　"和我的直觉差不多,"她给我续咖啡,"你身上确实有讨女孩子喜欢的东西。不过这些东西会妨碍你做一个优秀的企业人。"

她的宽容让我意外，她的理解让我的野心逐渐明晰起来。我想，这个在大家看来很神秘很冷漠的人，很可能会成为我在 LT 最可信任的人。我把自己来 LT 后的种种不适应以及等赚够养老的钱就回去写作、画画的想法真实地告诉了她。

"我刚来广东时，想法和你是一样的，先赚点钱再回去继续学音乐，可是一来就是 10 年，再回到过去的轨道已经不可能了。你现在觉得有了 100 万就可以过一辈子，当你真有 100 万时，你的消费水准已经不是现在的水准，你可能要 1000 万才能维持一辈子。"

接下来的回忆让她神色变得晦暗。

谌琪的父母都是江苏泰州市文化局的业务干部，她童年和少年时期家境算得上不错，至少衣食无忧。在她读大学时，父亲突然得了尿毒症，高额的治疗费用使得原本小康的家庭面临崩溃。一开始是凑不齐换肾所需要的 25 万元钱，一些原本走得比较近的亲戚在做出有限的努力后都变得态度暧昧躲闪。

等一年后终于借齐了钱，父亲的身体已经经不住手术的折腾，像片树叶逐渐变枯变黄，最后被风轻轻一吹就离开了人世。

这件事彻底改变了谌琪对金钱的态度，以前她脑子里只有音乐，从不觉得钱对生活有什么特别意义，总觉得能满足日常的开销就行了。这件悲伤的事发生后，她问自己，什么叫做日常开销呢？25 万元医疗费算不算呢？

大学毕业时，尽管专业优秀并获得保送读研的机会，她还是放弃了，同时也放弃了去她喜欢的北京发展的机会。

一个高两届的师姐在深圳与人合伙开了家豪华咖啡会所，请她去做夜班钢琴演奏师，每天演奏 3 小时，不到两年工夫，她就赚了近 25 万。后来厌倦了咖啡会所的烟草味和"矫揉造作的时尚气氛"（她的原话），经朋友引荐，来 LT 做了企业管理。

她说到朋友引荐时，我眼前晃动了一下康文卓的身影。

我把我的猜测说了出来，她并不否认，突然说："今天就谈到这吧，我都奇怪自己怎么会跟你说这么多。以后有机会再聊吧。"

接下来的几天，我除了刊物的组稿编辑，还要参与"镜头中的LT"的筹备，特别忙碌。谌琪的办公室离我很远，她每天也基本能做到按时上班，但在办公室做什么，我一点也不知道。20 周年庆典前期的庆祝活动韩主任亲自抓，她似乎比平常更闲了，只有李家梁偶尔去她那里请示点日常事务。

我过去不愿去她办公室，现在更不愿意去了。过去不愿去，一方面是不喜好和上司交往的本性所致，另一方面，也不想给李家梁以争宠的错觉。在本质上，我并不想成为他的敌人。我愿意他继续像过去那样自我感觉良好。

我现在不愿去谌琪的办公室，除了以上因素，还有一个原因就是，我想淡化和她的工作关系而强化私人关系，我最想见到的场所是她的家而不是办公室。我只愿看见她不为大家熟悉的那一面。

23

"镜头中的LT"正式启动,总裁可能对这个活动的创意还算感兴趣,抽出10分钟出席首发式,并破例让4个摄影家端着"长枪"、"短炮"对着他狂扫,彩带的碎片在他头发和身上闪着花花绿绿的光,他笑得憨厚得近乎羞赧,和在集团高层会议上判若两人。我在心里纳闷,一个如此精明强悍的商人,怎么会有如此羞赧的笑容呢?

4个摄影家均来自北京的中央级报社,3个40多岁,一个30出头,都是李家梁托人邀请来的。首发式一结束,他们立刻分成4个组分头去4家分公司采访拍照,我和小王分在第四组,陪同那个30岁出头的伍摄影家去最远的压缩机公司。

因为人员都是李家梁联系的,这次采风活动主要就由他负责组织,车辆也由他调度安排。首发式一结束,各组联系人就立即分头带着摄影家找到自己的车号乘车去相应的拍摄点。

LT的一切管理都市场化,总裁办也不养公车,工作用车,都是向有长期业务合同的物流公司租车,平常租桑塔纳,有接待活动时租本田、奔驰、宝马,特别重大的活动去广州租超级豪华车。这次活动租用的是4辆广州本田。李家梁对韩主任说,艺术家不是很在意排场,用桑塔纳太寒酸,用奔驰成本太高,广本比较适中。

韩主任关键时刻用钱是大手笔,平常却很精细。李家梁的算计甚合他意。

首发式前我特意询问4号车有没有到位。李家梁肯定地回答："马上到,首发式一散你就去集团办公楼前坐车。"有他这样的保证,忙乱中我就没有事先确认车辆的到位情况。

首发式像放电子礼花,精彩而短暂,总裁剪彩后,人群四散。

1号、2号、3号车先后发车,这个当口,我和小王陪着穿唐装的伍摄影家去集团办公楼门口找4号车,但集团办公楼门口空空荡荡什么也没有。我头皮一炸,怕自己听错了,特意到集团大楼的两侧和后面转了一圈,仍然没有。此刻其他组早已出发,我们几个逗留在首发式现场非常醒目刺眼。我赶紧打李家梁手机,居然接不通,语音提示说对方不在服务区请稍后再拨。李家梁的1号车出发了大概5分钟,5分钟车程里是没有移动通讯盲区的。

没想到会出现这样的意外!只好和伍摄影家解释,让他稍等片刻。伍甩甩长发,鼻子哼了一下:"你们号称国际化大企业,没想到也会这么不严谨,时间耽搁太久光线就不好了。"他看上去很生气,可当他掉过头去和小王聊天时,脸上却堆着笑,那种很色情很暧昧很休闲的笑。

我离他们两米站着,继续拨李家梁手机,还是联系不上。我戳在集团办门口,看着自己的影子用焦躁煎熬着心、肝、肺。

韩主任陪着总裁从大楼里出来,好像是要开车去什么地方,见我们还没出发,很惊讶,疾步过来责问。我把情况说了,他的脸一沉:"怎么会这样呢?怎么事先没确认车辆是否到位呢?他们媒体会怎么看我们LT的工作效率?总裁又会怎么看我们?!总裁20分钟就回来，你们18分钟内必须解决问题出发。"

韩主任陪总裁出去了，我继续打李家梁手机，还是不通，又打王铮手机问物流公司老板电话。王铮在广州办事，说电话号码在办公室抽屉里，叫我问其他人。只好又打其他总监的电话，但我知道，即使能马上找到物流公司老板，即使他能马上另派车辆来，等车赶来，两个18分钟都过去了。

伍摄影家已经多次表示他的不耐烦了，如果没有小王在一旁陪他打情骂俏，估计他要跳起来大耍艺术家个性了。我额头淌汗，脑袋空空，刚好见谌琪从大楼出来用遥控锁开广本的门。我想也没想就冲上去，把这边的困境告诉了她。我的样子一定非常狼狈，她看我的眼神有点惊愕："你怎么不早告诉我？我正要去广州办事。这样吧，我给那边打电话把事情推后，先开车送你们过去。"

没想到危机是这样解决的。

去压缩机公司的路上，伍摄影家又盯上了谌琪，他坐在副驾驶的位子上，不停地回头对小王和我讲一些荤笑话，眼睛的余光却在观察谌琪的反应。谌琪的反应是，给右耳朵塞上耳机，然后特别专心地开车。伍只好把注意力又撤回到小王身上。

我们到达压缩机公司20分钟后，集团大楼的大堂小姐打我手机，说4号车司机在集团大楼门口找我。

司机在我的斥责下显得很无辜："我没迟到啊，你们李经理不是通知9点出发就行吗？！"

我打李家梁手机，这下却通了。他说一开始打不通是因为没电，刚才换了块电板，并对我遇到的情况深表意外和不解，因为他是通知司机9点赶到而不是9点出发。

24

　　整整一天,我基本处于半迷糊状态。虽然没有明确的证据,但我强烈地感觉到,今天的麻烦是李家梁故意造成的。为什么其他3辆车的司机都不会听错时间,偏偏我的4号车的司机听错了呢?!为什么我早上问他时他还说车子马上就到呢?!这样的失误,在内地的小国企或许算不上什么,但在LT,尤其是在事事力求严谨和完美的韩主任眼里,或许就是不可原谅的重大失职。因为老板对下属的工作只会关心结果,而不愿听你解释未取得他们预期结果的原因,不管这原因出自主观还是客观。

　　中午吃饭时,李家梁主动打来电话,劝我不要被这个小失误影响情绪,并告诉我4号车已经出发来接我们。我"嗯"了声表示知道就挂了电话。我感觉到他其实是想打听我们最后是怎么来的压缩机公司。

　　他好奇感强烈的嘘寒问暖让我觉得恶心。

　　伍摄影家也让我恶心。从他抓题材和取景的状态看,摄影水平其实比较平庸,不过是高考考了个好大学,然后分到了北京的媒体,加上特别会来事,30出头就混到了《××观察报》摄影部副主任的位置。他平常就应该是特别爱摆谱的,小王的存在加剧了他充大腕的激情,在工人们面前吆三喝四,牛得像导演。一面摆拍一些俗套的劳动场景一面给小王上课:为什么要这样摆布姿势,为什么要这样用光……

他眼里没有我。我心里也没把他当回事,表面上却不得不装出谦虚和热忱,用谄笑滋润着他的傲慢,因为他是摄影艺术家,我不过是企业里的一名普通白领。这种分裂和错位感让我特别不舒服。长期以来,在人群里,我都是暗自以艺术家自居的。现在,由于职业的原因,我沦为艺术家眼里一个不起眼的俗人。

晚上四路采访的摄影家在LT会所会合吃饭。谌琪本来要出面陪同,但她找理由推掉了,李家梁成为当然的召集人,我和各组的联系人陪同。

北方人爱喝酒,只20分钟,4个摄影家就分掉了一瓶茅台,接着开第二瓶,李家梁示意我们大家都要多敬酒,并作身先士卒状,奋力劝酒敬酒。除了伍,另3个摄影家年龄都在45岁以上,修养也相对较好,待人温和客气,当然,客气里也有隔行如隔山的冷淡。即便我们新闻传播中心的人在数量上占优,他们也并不在话题上迁就我们。新款相机、北京的房价、越野汽车、潘家园的古董,他们的兴奋点仍是他们那个圈子里的事,似乎这张饭桌不是放在广东而在北京的朝阳区。

我熟悉艺术人和媒体人在企业人面前的骄傲和优越感,曾经,在过去的生活里,我也是他们的同类。可是他们并不了解这些。尤其是那个和我年龄相近的伍,在他看来,我或许就是个总也混不出头的老白领。

我的工作要求我敬他的酒,我一口干了一杯白酒,他只用唇象征性地碰碰杯口，眼皮都不抬一下。

小王敬他的酒，他挽着她的胳膊非要喝交杯。小王说酒量不行，他大度地一挥手："你舔一口，我干一杯。"

饭后 K 歌，本来我不想去的，李家梁红着眼把半个身子搭在我背上说："老张，陪唱歌也是我们的工作，你唱得那么好……不许走不许走。"

我被迫留下。会所歌厅我只跟同事来过一次，设施豪华，地毯脚感很好，墙壁人挨得着的部分都铺了软靠垫。但是音响不好，或者说，高档音响没被调出高档效果。混响弄得过大，谁上去唱都是一个味，嗡嗡嗡的，只听得见伴奏听不清唱什么。4 位摄影家中，只有两位勉强能跟上调，但酒喝多后，哑巴都想歌唱。在李家梁撺掇下，4 个人拼命吼歌。

我也点了一首，排在比较后的位置。等快要轮到时，后面的歌又被优先插到前面去唱了，特别是伍和另一个文大师，每首歌都跑调跑几公里远，但电脑屏幕上一大溜都是他们的歌，唱完了前面的又把后面的优先调上来接着唱。就这样，我等了近两个小时也没唱成原本排在第十位的歌。

伍攥着小王的手对唱《糊涂的爱》时，我招呼也没打就先撤了。

给王铮打电话，问她有没有空，我想跟她聊聊李家梁。王铮一边接电话一边和另一个人谈工作，显然还在办公室加班。挂了电话，我又翻出谌琪的手机号，却犹豫着不敢摁下去。一是时间比较晚了，不知她是否和康文卓在一起；二是即便她有空，我也没有把握她会欢迎这突然的造访。上次的交流只是证实她对我印象还好，但好到了什么程度,只有她自己清楚。

最后选择了短信:"想过来聊聊,在家吗?"

"聊什么?如果是工作白天到办公室谈吧。"她回。短信里看不出语气。

"不谈工作,谈谈人生谈谈理想总行吧。"

她没有及时回复。

我准备发第二条撤回请求时,手机"嘀"的一声亮屏了:"你过来吧。"

心脏瞬间热了一下。

我小跑着到滨海花园门口,拦了辆的士直奔碧桂园。

25

她穿着宽大蓬松的暗花休闲裙在茶几上给我倒刚煮的咖啡。很奇怪的是,每次见她,都像是初次见面,她脸孔的白皙和俊秀都会让我的眼睛晕眩一两秒钟,似乎那是个夺目的发光体。这让我的信心和冲动瞬间矮了半截,她的漂亮和尊贵感超过我以前交往过的任何女朋友。

她为什么穿得这么家常接见我?而且,也不主动说话。

我坐在沙发上,忽然有些失语,目光在她身体之外的空间飘忽。

一本乐谱在钢琴的谱架上摊着,飞起的一页在流动的空气里轻微颤动。

"上午的事要谢谢你啊。"这句话不在我刚才的计划之中,说得也干瘪生硬。

效果果然是不好的。她坐在斜对面的沙发上,直起身子来说:"我说过,工作的事情在办公室谈吧。"

我在心里唾弃自己,要自卑紧张就别过来,既然过来了又有什么可紧张的呢?

"刚才在弹琴吧。"

"没事干,翻出大学时弹的一些练习曲试了试手,再不练,手就彻底僵了。"她低头审视着转动的手腕和手指。

"能不能让我听听,我以前买过肖邦的几盒练习曲,听不懂,但,很喜欢听。"

这种没话找话的巴结姿态让我对自己的唾弃更加严重,我僵在那,密密麻麻涌起的血泼溅得脸皮难受。

我感觉她同情地苦笑了一下,至少,表情不像刚才那样故意冷淡了。

"肖邦的我这边有。"她快速打开琴凳的翻盖,抽出一本谱。

她坐到钢琴前,美好的声音从对面的墙壁反弹漫卷过来,淹没茶几和我的半个身子。心脏里的坚硬和肌肉里的紧张逐渐松软下来。冒着热气的咖啡被我捧得很高,凑到鼻子跟前眼睛底下。

眼睛难免就湿润了,热热的,只是不知温度来自咖啡还是眼球本身。

她或许喜欢这种静默的欣赏,背对着我一连弹了三四曲,指法明显比上次娴熟自如。

她起身准备回到沙发时，我起身迎上去。申请看她的手指。

她警觉地看着我："不是又要用你的唇赞美它吧？"

我摇摇头，并不打算配合她把气氛幽默化。

她递过右手的中指，歪着头等我的下文。

我左手接过她手指的同时顺势往怀里用力一带，她失去重心人靠倒过来。

她看上去特别高，抱在怀里仍比我矮半个头。

身高的优势转变成精神优势。

双手紧紧抱住她，像一只螃蟹，用双螯钳紧一条柔滑的鱼。

进口洗发香波的清香在脸颊右下侧花一样蓬勃地绽放。她的体温，暗潮一样传递到我身上。这个过程，至少有 3 秒钟。

然后，忽然，鱼挣脱出蟹的怀抱。头发纷乱，面孔涨红，低头站在我的斜对面，用躯体的波动呈现局促的呼吸。

"你怎么可以这样?！我有什么不妥言行给了你误导吗？"

"没有没有。其实我一直就喜欢你。"我想她不应该会真的很生气吧。因为那 3 秒钟的延时。

"一直？你才认识我几天！而且，我今年都 31 了，比你还大一岁。你难道觉得我们有可能走到一起吗?！"她站在那里，表情藏在头发里。

我想继续解释和表白。她忽然一甩头发目光逼视着我："你是不是听说我和康文卓的事，就觉得我是那种可以随便轻慢的女人?！"她的神色严峻、警惕而自责。

"不是的，不是的。"我想解释，却见泪光在她眼眶里急速地旋动。

我顿然失去说话的勇气和力气。

26

"镜头中的 LT"采访活动还算顺利地结束。在周一的例会上，韩主任表扬了李家梁等人。同时指出："活动中也有部分环节出现故障，究竟是什么原因，要认真反思检讨，同样的失误以后不能出现第二次。尤其是总裁视野里的大型活动，必须万无一失。要重视在事前确认方案的完善性并做好各种补救预案。"

他没有点名，所有人都知道批评的是我。

韩主任听各中心总监汇报上周工作、计划本周工作时，王铮短信对我说："韩主任对你真是客气，没有处罚，连名都没点，还是作家有面子啊。"

我的注意力不全在韩主任的脸上。

谌琪坐在韩主任右侧的那个桌角，照例是大事小事基本不发言。她穿着很正式的职业装，背对落地窗，和前几天穿睡裙的样子判若两人。因为逆光，没法看清她的眼神，这使我刚刚从工作失误的阴影里解放的心又开始了另一种忐忑。

和小王去《广州日报》排版房做新一期《LT 月刊》。《LT 月刊》每个月一期，每期排版、校对、签付印至少得去 3 次。每次去广州都是我们俩租车一起去。早上去，晚上回来。

这本来是美差，男女搭配，干活不累，更何况搭档是一个有点小姿色的大学毕业生。但小王和王铮那种工作狂不同，她到广东来，不是想自己打拼。她信奉"干得好不如嫁得好"，一心想找到通往富贵人生的捷径。

她虽然是学中文的，却连一篇简单的通讯报道都写不完整。"5个W"不是少地点就是少新闻由头。工作上也是挑轻避重。我在《LT报》副刊写的一些散文，连王铮、李家梁都能找到点感觉不时半真半假地讴歌一下，她从来也不会看一眼，不知是不懂还是不屑。

她对我这个新上司肯定是有些不屑的，因为她每天和同事谈论的魅力男人都是身价过亿的成功人士，不仅对国内的钻石王老五排行榜一清二楚，对国外的福布斯富豪榜也熟得像自己的家事。

这些加剧了我对她的疏远。除了工作上的事，我尽量不和她说话。

的士后排的位子很宽，我宁愿坐到前排和司机聊天气也不跟她坐一起。去广州的路上，她嬉笑着接了一个长途电话，嘴里左一个伍大师右一个伍大师，一接就是30分钟。末了很兴奋地说："那个伍大师，真是很幽默，非要说我像张柏芝，我要像她还用每天这么辛苦吗?！"

我问："伍大师结了婚吗?"

"小孩都打酱油了。他就是没结婚又怎样？拍照片能拍出多少钱。"她倒不介意我的话中之意，赤裸而自豪地表达着自己对财富的热爱。

LT也有不少小王这样的漂亮女生。

这期刊物的封二，有摄影家们拍的LT高层，其中有康文卓在办公室做沉思状的照片,效果很艺术。小王校对时不住地自语:"谌琪确实有眼光耶,抓准了 LT 最优秀的潜力股。"

以往听到这样的议论,我不会有太多兴趣注意听。

晚饭时问小王是中餐还是肯德基,她像往常一样选择了我从未吃饱过的肯德基,并且要求打包带一份回去做夜宵,反正可以报销。

这次吃肯德基时间比往常长了许多,因为我有意从小王那里知道一些谌琪和康文卓的情况。

小王到 LT 比我早不了多少,但对谌琪和康文卓的关系倒是了解不少,当然,这是她的专业。"康总一直在闹离婚,前几年闹得很凶,他太太是他大学同学,都自杀未遂过几次了,近一两年好像又拖下来了。不过他对谌琪真是不错,在广州给她买了别墅,起码也值100 多万,还有一台本田车和十几万的三角钢琴,也是他给买的。二奶做到这份上也值了。"

小王的话夹杂着炸鸡腿的脆香,并且蓬勃着艳羡和跃跃欲试的激情。她的声音越激昂,我的心就沉落得越低。我原本只是因为谌琪的翻脸深感忐忑,现在,忐忑中又掺入了嫉妒与失望调和而成的挫败感。

晚上回公司,没有直接回滨海花园,到办公室给老曲打电话,想和他谈谈心里的灰暗。但老曲正在成都出差,和一伙经销商在夜总会喝酒,背景音很嘈杂,酒可能也喝了不少。老曲的嗓门大得像吼。他听不清我说什么,大声告诉我去贵州后很顺利,销售业绩逐月递增……仿佛我是他的上司。

我撂下电话，接着拨打梭罗的手机，打了好几次都不在服务区。开电脑上"安宁生活"网站，他贴了则启示，说近期会去一趟陕北乡下。想跟老家的朋友们打电话，却不知说什么。

没开办公室的灯。我靠在坐椅上发呆，就像坐在死寂无光的月球上。

27

这一段心情很糟，一闲下来就孤独不安，特别想江西，想那边的朋友和山水。同时，对自己来企业的选择产生严重动摇。好在闲下来想这些的时间很少，这个月，除了正常出刊，还要参与画册的编撰设计。

韩主任亲自分工，图片的收集和遴选由李家梁负责，王铮也参与，因为她要负责图片展。我担负了全部文字的撰写。这次的图片艺术性和新闻性都很强，相应的，对文字的要求也更高。韩主任说："前几年的画册，文字太啰唆也太枯燥，这次的风格要和摄影配得上，概述部分还是要客观，但配图文字可以艺术化一点，不要煽情，但一定要有味道，体现国际化大企业的品位。张蒙你是作家，要发挥出你的专长。"

大小近 80 幅图片，配文既要有实用性，还要有艺术性。压在谁头上都是一座山，好在我写过新闻评述，也写过诗歌。让新闻和诗歌联姻，再加上点冷幽默，杂交出一种新文本，这是我仔细揣摩韩主任的意图后想到的创意。韩主任一向主张 LT 的宣传要平实不花哨,但这并不表明他就喜欢平庸,平实只是出于稳重和安全的考虑。尤其在 20 年周庆的喜庆氛围里,他或许想把一种略微有些松弛、飞扬的气息传达给社会各界,以配合 LT 迈向国际化的新形象。

整整一个月,我的业余时间和全部精力都耗费在这种全新的文字探索里。广告公司制作后拿大样送给韩主任审阅定稿,除了企业介绍的概述部分他修改了几处不准确的数字外,其他未改一字。我猜想,他可能是满意的。当然,从他脸上看不出这些,要等外界有反馈后他才会给出答案。

28

总裁办紧锣密鼓筹备 LT 20 周年庆典的各项活动时,江西景德镇出了个有关 LT 的负面新闻,一老年用户使用 LT 微波炉煮鸡蛋,鸡蛋发生爆炸,蛋壳碎片炸瞎了左眼。这本属操作不当引发的事故,因为微波炉的使用说明书里有禁止把带壳的生鸡蛋放入加温的提示,只是字太小用户没看清楚。事件作为社会新闻在景德镇当地的报纸曝光后,被 LT 的竞争对手利用,导致江西甚至全国的一些媒体对 LT 微波炉的安全性提出质疑。

韩主任在周一的例会上提及此事,要求负责外宣的经理和小家电公司的人一起去江西处理这次危机。LT 和其他一些企业不同,不追求单纯的知名度和见报率,有些企业炒不出正面新闻就炒负面新闻,LT很忌讳非正面新闻，对这样的信誉危机素来是重视的。韩主任说:"在20周年庆典前夕发生这样的事,一定要重视,说不定竞争对手还会给我们出难题。你们马上飞过去处理,不要就事论事,要挖出背后深层次的东西。"

韩主任说完停顿了一下，似乎在权衡自己的处置措施是否最稳妥,会议室内的空气有些凝固。

谌琪首次在会上主动发言:"韩主任说得很对,我们LT最看重的是美誉度,这件事是一件孤立的事故,还是一系列事件的序幕?这个要引起我们的重视。"她扭过头看着韩主任:"韩主任,这件事还是我去跑一趟吧。"

韩主任看上去甚为惊讶,先是对她主动发言惊讶,更惊讶的是她到总裁办来首次主动请缨帮他分担压力,所以惊讶马上转换成了欣喜和微妙的感动,但是,表达出来后还是加入了一点犹疑,怕自己听错了:"哦,你领队带他们去吗?"

谌琪倒是很果敢:"不用那么多人。"转脸看我:"张蒙你不是江西的吗?上次听你说老家靠着景德镇,你熟悉当地情况,跟我去一趟吧。"

我听到这些的意外感不亚于刚才的韩主任，还来不及作明确的答复,韩主任已经替我表态了:"谌主任想得周到,张蒙你是搞新闻出身的,你陪谌主任跑一趟,除了内宣,外宣一块的工作你也要熟悉一下。"

韩主任说完,再次陷入沉思,而且时间比刚才更长。良久,用商量的口吻对谌琪说:"小家电公司还是派个人跟你们去吧,他们熟悉市场和广告投放,也方便和江西的区域经理接洽沟通。"

谌琪想了想点头赞同,同时叮嘱我:"你马上订3张机票,今天有航班今天去,今天没有明天一早就出发。"

下午四点过五分、六点、七点多都有飞机,打电话请示谌琪。她选择了最早的一班,中午一下班就回去收拾东西出发。

29

不知她发生上次的尴尬后为何还愿意带我出差,加上此前从未坐过飞机,不知道待会怎么熟练地找候机厅办理登记手续和找座位,再加上天气热,我一路上直冒汗。

好在小家电公司派来的姓鲍的胖经理是个老江湖,一两个月就要去一次白云机场,出差或接人送人。他也乐于在谌琪这样的美女上司面前表现自己的周到和能干。去机场的用车、换登机牌、买保险,一路上的所有事情他都包揽了,自然更包括了和江西区域经理的联系,这是他的职责之一。我们还没上飞机,那边的宾馆、晚餐、接机车辆就都安排好了。我需要做的,只是上下车时帮谌琪提旅行箱。

3个座位,两个在一排,另一个落单,我犹豫着不知怎么坐。鲍经理也略有点迟疑。谌琪挑了两个座位中的一个坐下,然后扫了我一眼,鲍经理马上识趣地坐到后排落单的位子上。737客机的位子比大巴车窄很多,我挤在谌琪边上,熟悉的洗发香波的味道在鼻孔下萦绕,但心虚让我的两肩鸟翅般紧张地合拢着耸立着,怕挨她太紧,当然,我的紧张可能有人为夸大的成分,我希望被她注意到,然后回馈一些有利于我对她的心态做出判断的信息。

她似乎故意不关心我的紧张,很公事公办地和我讨论工作:"据你在报社工作的经验,哪些上级部门对报社有制约作用?"

"当然是宣传部和新闻出版局。"

"这个概念太大了,具体是什么部门?"

"新闻出版局有报刊处,宣传部是什么具体部门分管我不大清楚。"

"这样,待会一到宾馆你就打电话向你过去的同事打听一下,尽量把相关人员的名字和电话问到。"从未见谌琪像今天这样谈论过工作,而且表现得那样主动和急切。她不像是故作姿态,因为这里没有她的上级。

我的眼睛不怎么敢看她,盯着舷窗外白得晃眼的云朵发呆。飞机穿过云层逐渐下滑降落时,南昌昌北机场周边的大片田野像绿色大海般倾斜着扑面而来。在广东,我从未见过这么大面积的田野,甚至连一片野生状态的原野都没见过。家乡那种熟悉而自然的田园风貌让我激动起来。

飞机落地走出机舱,空气的对比更是鲜明。在广东,不管是在公司、广州市区还是白云机场,空气黏稠得像是固体的,因为其中黏和了塑料、金属、汽车尾气和各种工业制品的气味。昌北机场飞机起降频率很低,机场空阔整洁,四周遍布山地和稻田,因此空气湿润温软,敏感些的鼻子,能从中嗅到植物和水田的味道,甚至,还能嗅到已经远去的春天的和即将到来的秋天的气息。

去市区的路上,江西的区域经理忙不迭地向谌琪汇报这边的情况,谌琪默默地听着,偶尔点点头,她似乎还会抽空暗中观察我兴奋而感动的脸。

区域经理把我们安排在南昌最好的酒店之一凯莱住宿,这家酒店是五星标准,刚好在承接一个全国性的银行系统会议,昨天只预订到两间房。谌琪住一间,我和鲍经理合住另一个标准间。

30

一到房间就给《饶州早报》的老领导封总打电话,向他咨询谌琪要我了解的情况。之所以不找《信州日报》的社长,一是我和他不熟悉, 而比较熟悉的一个副总编辑在我离开那里之前关系又已经搞僵了。和我同时从各县市借用到《信州日报》的其他3个人,先后都办理了正式调入手续,他们或者花钱打点了相关领导,或者直接交纳了所谓城市增容费。我则是在调动手续办到最后一关时被2万元钱和自己的骄傲本性卡住了。我当时当然没有2万元钱,不过,我当然也有能力筹借到2万元钱,但是,这种为自己的人生升级的手段令我深感屈辱无法接受。

老曲邀请我去广东打拼时,我当即离开了上饶,远走高飞是我青春期爱用的关键词。

我师专毕业后最初分在乡村中学教书,因为发表过一些文章,封总主动托人找到我，借用我到《饶州早报》当副刊编辑，从借用到后来的正式调入，我自己没有找过任何人，也基本没有花过一分钱。我后来到上饶再到广东的LT，他也是大度地一路开绿灯，并一直把我的编制保留在《饶州早报》。

我在《饶州早报》时，封总是个开明的领导，我离开这些年，他就成了几乎可以无话不说的兄长。

非常巧，封总和省委宣传部新闻处的一位副处长是大学同学。封总建议，先打通这位副处长的关节，然后由副处长出面约省里主要媒体分管经济新闻的副总编聚一下，接下来就好办了。

晚餐时，我把封总的建议告诉谌琪，谌琪当即和江西区经理等人做出具体公关方案。饭后，封总先给副处长打好电话，区域经理和鲍经理立马登门拜访。一小时之后，事情如愿敲定。

区域经理回到宾馆时很亢奋，执意要请谌琪和我去唱歌吃夜宵，鲍经理也在一旁帮腔："没想到他答应得这么爽快，还是谌主任情况摸得准，我们可以先出去放松一下，预祝明天的午餐成功。"

谌琪也很开心："紧张了两天了，是该放松一下神经。"我以为她会同意去唱歌，甚至预感她可能还会同意和我对唱。但她语气一转："不过我习惯早睡，也不爱唱歌吃夜宵，你们去吧。"

区域经理和鲍经理有点意外，进退失据。谌琪赶紧解释："不要误会，我确实不爱唱歌吃夜宵的，你们是老朋友了，也该好好聚聚。"

他俩这才释然，拉我一起出去，我望了谌琪一眼，她很客气地笑笑："小张你南昌有没有老朋友要看？没有的话你也可以去玩的。"

我当即表态："我也不去了,待会可能会有个亲戚来看我。"

31

我坐在房间胡乱地看电视,心莫名地乱跳。果然,区域经理和鲍经理走后 20 分钟,房间的电话响了,是隔壁的谌琪。

她当别人的面总叫我小张,单独面对时总没有称呼:"你睡了吗?"

"没有没有。"

"我们透过窗户能看见的那幢仿古建筑是滕王阁吗?"

我望向窗外,500 米左右的距离外果然是屋檐飞挑的滕王阁,我以前曾去过一次。在黑暗中,它平面得如一张贴在夜空上的剪纸。

"你如果没事带我去看一下吧,明天时间可能会很紧张。"她得到确认后说。

陪她走出宾馆时,忐忑了许多个日夜的心终于又恢复了当初的自信和幻想。

看得出来,她唇上的浅口红是刚才放电话后才抹上去的,对于即将要去的地方,她这样补妆无异于锦衣夜行。而且,她还换下藏青色职业套裙,穿上了质地柔软光滑的真丝裙。

一路上她只字不提工作的事,甚至对滕王阁也兴趣不是太大,只是仰着头很随意地往前走，眼睛在凉风和临街商店杂乱的光照中很惬意地眯着，仿佛一个对生活和未来满含热望和陶醉感的80年代的大学生。

夜色中我有些恍惚，觉得她和白天以及在公司时完全不是同一个人。

我们在滕王阁下驻足观望了七八分钟。

我告诉她现在的楼前些年才翻修过一次，柱子全是用水泥仿制，里面开了许多卖旅游纪念品的小店铺，商业味很重，和王勃笔下的滕王阁完全是两回事。她理解地笑笑："现在江南四大名楼都差不多。那我们去江边看看吧，江的变化应该比楼要小很多的。"

踱到江边才明白，她想看的其实也不是江而是我，她斜倚着大理石护栏，很认真地看着我，看得我渐渐低下头来。

我本想解释一下上次的事，但她的眼神让我觉得已无必要。她甚至提都没提一下。

她随意问了问我中学时期的一些情况，话题很自然地过渡切换。接下来的时间，她用半调侃的语气讲起她的情感经历：小学时特别敏感多情，五年级时开始暗恋一个和父亲同岁的男老师，因为父亲那时面目狰狞整天逼她练琴。中学时对情感很淡漠，认为恋爱是下作丑陋的事，虽然被许多男同学暗恋，但没有什么人敢公开追她。她初中时曾把一封情书交到写信者的家长手里，让他回去好好教育自己的孩子。

读大学后，她延续着对男生的冷淡，用音乐取代爱情，被全系男生誉作冷美人，宿舍被称作广寒宫。三年级时开始担心自己的性心理有问题,她说服自己接纳了一个英俊却羞涩的男生的爱情,她相信羞涩里有爱情的纯度。那男生爱她爱得特别纯情和卖力,不仅每天帮她打开水,就连她的衣服都要抢过去洗,这让她又有点失望。她并不喜欢太殷勤太琐碎的男人。父亲发病后,她发现男朋友的纯情不仅缺少男人味,也没有任何力量和用处,结果还没毕业就分了手。

谈到和康文卓的关系,她也同样轻松坦然:"许多人都以为我看上的是他的财富,当然,他确实有身价,但其实,他在LT也只是个高级打工仔而已。在认识他之前,我认识不少比他有钱得多的老板。何况,认识他时,我父亲已经去世,母亲已经改嫁,我已经不像前几年那么需要钱了。他身上有种奋发向上的东西,和许多贪官和暴发户不同,他的奋发向上有健康阳光的气息,你知道,在这个崇尚成功和经济英雄的时代,那种气息是很迷人的……"

这个话题让我多少有点不舒服,甚至,有点抵触,但又必须假装很大度,这时嘴角笑起来有点累。她看出来了:"你不要那么狭隘,你不是见过康文卓吗?还有我们韩主任,其实他们都是一类人,中国的经济发展需要这样的人。当然,对于爱情,他们不一定适合,有些东西需要相处才能体会到。"

她谈论和康文卓在咖啡会所的浪漫开始,以及后来同他妻子的冲突、最后对他的失望,语气也是平静而自嘲的:"他听琴认识我时,给我送了玫瑰,后来每年的这一天都要送花送礼物纪念。越是在形式上做得很浪漫的人,他的骨子里越可能是现实的,他需要靠形式上的浪漫来对抗现实感以获得自我升华的愉悦。"

她所说的情况,和我平常听到的信息大致差不多,包括康文卓闹离婚未遂和送别墅、钢琴给她,所不同的是,外人看不见她所说的爱情,外人也不清楚,车是谌琪自己买的,康文卓送的别墅她也从未去住过。外人更不知道的是,谌琪去新加坡培训就是为了淡出康文卓的生活,因为她多次提出分手康文卓并不同意,并承诺一离开LT做自己的公司就断然离婚娶她。当然,她已经不准备等他。

我像听小说一样,心情随着她的讲述跌宕起伏,最后,我们又回到了夜晚的江边。她仍然面含自嘲般的笑意望着我,眼神里有种豁出去后的坦率和平静,平静得似乎我再不作回应,那微笑就要化作眼泪从脸上流下来。

我轻轻抱住她。

这次她没有在 3 秒钟后离开。

32

第二天的午宴安排在滕王阁附近的新东方酒店。宣传部的副处长、4 家主要报社的副总编和两家电视台的副台长如约到席,景德镇那家报社的总编也不辞辛劳赶来了。这样的饭局,愿意来就是合作的姿态,所以说话都比较透明。都市报分管经济报道的副总半开玩笑地说:"LT 什么都好, 就是和媒体合作的积极性不如其他品牌高,当然,可能是 LT 太有名了,不重视江西这样的小市场啊,呵呵。"

谌琪当即以 LT 集团总裁办副主任的身份表示, 从现在开始,

LT要加强和在座各家媒体的合作,不仅要做品牌宣传,还要做新产品广告。至于微波炉导致的鸡蛋爆炸事件,虽然主要责任在于用户操作失当,但LT还是会引起重视做好善后工作。一、对受伤用户进行高额赔偿;二、改进产品说明书;三、赠送最新款微波炉、洗碗机、电饭煲给各位老总的太太试用,以便随时对产品质量进行监督。

谌琪的表态让众老总一致叫好,然后是一片觥筹交错之声。江西的区域经理和鲍经理奋力苦战,并挨个与各媒体老总达成广告意向。我亦尽自己最大酒量参与搏杀。但是老总们的兴趣更多在谌琪身上,一致要求她把杯里的矿泉水换成白酒以示合作的诚意,谌琪倒了水换成苹果醋,然后任他们怎么软磨硬泡不再妥协。

一副总想自我解围:"女士都有身体不方便的时候,我们男士要学会理解。"

谌琪瞧也不瞧他一眼:"没什么方便不方便,我从不喝酒。"

宣传部的副处长赶紧圆场:"不用喝酒,美女还是吃点醋好,美容啊。"

略有点扫兴,但终归无伤大雅,大家各自满载而归,最终仍是高兴。

谌琪对此后行程的安排多少出乎江西区域经理的意外。他原拟安排我们去庐山两日游的。谌琪说时间太紧不必考虑,因为明晚就要飞回广州,下午还要带我去饶州感谢封总,另外她还要就我继续保编的事和封总当面接洽。她这个安排,更出乎我的意料,因为她昨晚只说过要安排一套小家电留给封总,没说要亲自送过去,更没提及谈我保编的事。

江西区域经理表示理解，马上打手机联系司机。谌琪阻止了他，提出自己开车，因为不知今天能否赶得回，不必多增加一个人的劳动成本。江西区域经理和鲍经理互相交换了一下眼神，愣怔了片刻，当然就马上照办了，并交出自己的别克车钥匙。鲍经理说："那边的事我也帮不上忙，我就留在这边协助处理一下鸡蛋爆炸事件的后续工作，顺便在南昌转转。"谌琪爽快地同意。

33

当时还没有连接南昌和万年的昌万公路，从南昌去饶州，要走昌九高速到九江，再转九景高速，中途从田畈街那边转往饶州。全程要跑3个多小时。但是这3个多小时，令我晕眩、冲动、感动。因为一路上，都是我特别熟悉和思念的江西丘陵风光。身姿摇曳的稻田、像巨大的玻璃碎片似的倒映着天空的大小池塘、沟渠，缓坡上的马尾松林、竹林、村落和村落边上撑着巨型凉伞的樟树、枫树，以及点缀在这些景致之间的戴着草帽的农民、脊背漆黑油亮驮着八哥鸟的水牛，所有这些事物电影胶片一样，带着风声在车窗外飞速地交替闪现，连绵不绝。

这样的陶醉加深了我对我身侧的美女司机的爱，或者反过来说可能更准确，她的存在放大了我对家乡的好感。

她系着安全带开车的样子特别好看，专注而自信，眼神和每个细微的动作都透着建立在职业化水平之上的优雅。沉醉间又觉得这不是我曾有能力拥抱在怀的女人。

我夸她，她只是微微用鼻尖发出的"嗯哼"声表示听到，转而夸江西的高速公路不错，路上新车少，不像广东那样拥挤。

我凑过身去用舌头侵略她的右脸颊，她只迁就了一次，然后就像女交警那样给我讲行车安全常识，包括一些情侣嬉闹导致的车祸案例。

心里很受用也很从容。因为在老家，我还有一个完整的夜晚。那是我的主场。

她也承认了，这次她主动要求来江西处理鸡蛋爆炸事件，主要是想来江西看看，上次去广西时我把它说得太美了。她的承认也只到此为止，我所意会到的她的其他一些隐约的动机，她肯定不会承认。女人不可能承认她的全部真实心理，尤其是谌琪这样的成熟女人，我想，她不管多么爱你，也不会像青鳞鱼那样让自己在你面前通体透明。

比方说，她对车窗外的田野并不是特别有感觉的，至少，不像她在我面前表现出的那么喜爱，她的夸大应当包含了迎合的成分。但她肯定不会告诉我，她在爱屋及乌。

这样的女人给人不可能完全驾驭的感觉，鉴于我以往交往的女性基本都单纯透明，这种不可全知感令我新鲜而兴奋。

路过湖口大桥时，我们停下来看了一下长江和远处的鄱阳湖。她对鄱阳湖倒真是有些好奇感，可惜明天的时间很紧，不可能坐船下湖了。

进入饶州县境路过我外婆的村庄时，我也只是站在高速公路上眺望了两分钟,因为车子下高速要绕很远的路。我指着一株枝叶茂盛的大樟树告诉她,世界上最疼爱我的女人就埋在那里。她眼神黯然,用手指轻轻碰了一下我的手背,说下次一定找机会再来看外婆。

她没有在"外婆"两个字前加"你的"这个定语,我眼球一湿,感觉十分异样。

外公和外婆去世后,我在饶州就没有直系亲属了。我弟弟大学毕业后在厦门找了份工作,中专毕业的妹妹后来也跟了过去,并双双在那边成家立业。我爸去年从县中退休后,带着我妈一起去那边带孙子外孙女了,家里的房子租给了陪读的学生家长。饶州对我而言,成了一座不折不扣的往事之城,装着我的青春记忆和几个青春期遗留下来的朋友。

到达饶州县城时,已是晚上7点多钟。我听从谌琪的意见,今天不惊动任何熟人,明天再见封总和朋友。我领着她,开车在县城里转了一圈。看了看县城的主要街道、广场、旧码头以及我读过书的五一小学。街头到处是出来纳凉散步的人群,黄包车鸣着驴叫似的喇叭声满街乱窜,街边摆满夜市摊和露天卡拉OK,沿河路上的空气里漾动着熟悉而亲切的鱼虾的腥臭味。

她还特意开车送我到县中,站在田径场上远远地看了看我父母的房子。

熟悉的窗户亮着熟悉的日光灯,但是灯光下的人已经不是年少时的我和弟弟妹妹,也不是一边看《每周文摘》一边听老收音机的父母。物是人非令下午开始初现端倪的伤感情绪变得严重起来。

回到汽车里，她主动把头靠到我肩上："你比我强多了，不过是房子出租罢了。父母健在，家也还健在。"她的声音贴着我的身体震动着传到耳朵里，我侧过头去吻她，她的嘴唇湿润滚烫。

34

晚餐是在报社门口夜市排档上吃的，她执意要吃我路上给她推荐的几道本地特色菜，所以也就迁就了排档的简陋。春不老炖黄额头(鱼)、炒田螺、本地豆腐、青菜煲，我推荐的每样菜她都说好吃，还主动要了瓶半斤装的本地白酒。她坦白说自己其实能喝点白酒的，只是从不愿为了应酬喝酒。

酒让我的情绪一路上扬，不断主动曝光自己在县城时的荒唐恋爱史和性爱史，逗得她不停地睁圆眼睛笑。她的心情是愉悦的，我认识她以来，并未见她如此放松地笑过，酒也喝得很主动，一口接一口，她的情绪也随着酒劲不断高涨。我以为这样的情绪对下面的安排会很有帮助。

去县委宾馆开房间时，我半玩笑地说："给公司省点钱，开一个标准间吧。"她白了我一眼，边掏钱包边高声让服务员开两间房。

我帮着拎行李到她房间时，她很客气地说谢谢，然后看看表："都快11点了，你回房间好好洗澡休息吧，明天还要见你老领导。"我想从她眼睛里侦探出玩笑的成分，但是没有，她说这些话时低着眉，和蔼而严肃。

心跳减缓,脑子有麻痹感,我愣在那里,反应不过来。她凑过来,用唇在我脸上象征性地碰了碰,像两个阿拉伯国家的元首行贴面礼,然后让我回自己房间。

　　我很沮丧,回房间胡乱冲了个澡,牙也懒得刷,开好空调躺在床上看电视,脑子里琢磨她为什么要单独和我来饶州却又不给我全部机会。

　　我不死心,给她房间打电话,没人接,20 分钟后再打,还是没人接。倒是我房间的电话不断响起,是一个小姐询问是否要服务的,我回绝了两次她仍打来,比我骚扰谌琪还执著。我气得拔了电话线。没想到饶州这种内地县城娼妓也多到了如此程度。

　　12 点后,失望变成困倦,我迷迷糊糊睡着了。然后做梦,梦的内容断断续续,也记不太清楚。比较清晰的是最后一节,上课铃在持续地响,我背着书包向五一小学大门奔跑,但怎么跑也跑不快,我急得满头大汗,腾地从床上坐了起来。

　　手机显示屏在黑暗中刺眼地闪着蓝光,上面显示的是谌琪的号码:“你房间电话怎么没人接?”

　　“怕小姐骚扰,拔掉了。”

　　“我房间的窗帘外好像有一个黑影,一直站在那,害得我不敢睡,你过来帮我看看。”

　　我冲到她房间,她穿着睡衣拖鞋,锁上门,头发蓬松地拽住我的胳膊,似乎生怕我会走掉。窗帘纹丝不动,并没有可疑的身影,只有空调发出的轻微的震动声。她说关掉灯才能看见。

　　我熄掉灯,夜色沉潜下来,白窗帘上除了明显的树的影子外什么也没有。我告诉她只有树的影子。她仍然拽着我,低声问:"我看过去怎么像个人?"

我不说话,用身体回答她。我把她抱起来(当然,由于紧张,动作并不像预期的那么潇洒,甚至有些笨拙和趔趄)放到床上,然后把自己变成被子覆盖到她身上。黑暗中看不清她的脸,我吻她,她有力地回应,力度强得像咬。我试探着脱她的睡衣,同时做好说服她放弃抵制的准备。她没有抵制,浑身松软发烫,像高烧病患者。只是在我跨最后一个栏时,她用手似是而非地阻挡了一下,这样的阻挡,非但没有半点实际的功效,反而激发起了我冲关时的爆发力。

接下来的情形,有点像我在和王铮发生身体关系前做的那个梦,她的身体像被什么力量猛然唤醒一样,爆发出超出我预料的能量。我此时有种奇怪的感觉,我那个梦其实不是为王铮而是为她做的,虽然,那时我并不认识她。

接下来的时间,是几乎通宵地说话。

康文卓在大家电公司总经理任上搏了几年后,有了性冷淡的征兆,有时一两个月都不碰谌琪一次。他自己的解释是,工作压力太大,影响了身体机能的正常运行。有一次,他找出一本生活类杂志给谌琪看,并煞有介事地在一段文字下打上小波浪:"经济的高速发展给中国人带来了前所未有的竞争压力……性越来越不能成为现代人的关键词。无性夫妻的增多已成为趋势……"

谌琪问我:"他那样说是为了骗我还是真有其事?"

她此时的好奇是真挚且暗含着对我的满意和讨好的。

我生硬地拒绝回答这个问题。

她被我的吃醋逗得有些开心："我和他早没这方面的事了,见面都很少了。"我身上的醋味把她的身体吸附得更紧了。

35

夜晚的延长导致了第二天的仓促,因为当晚要赶到南昌坐回广州的飞机。一开手机,不断跳出朋友老吴和能清的未接电话提示。昨天在路上约了今天中午一起吃饭,老吴订好了包厢,一早就打电话找我。

只好压缩和封总见面的时间。

封总对我的到来颇感意外,尤其是还带来了LT的总裁办副主任以及一套价格不菲的新款小家电。确实,如果仅仅是为了感谢他提供了宣传部新闻处副处长的电话,如此专程的拜访确实太隆重了。

他用眼睛把我叫到一旁,让我一定放心,只要不拿工资,我的编制在报社再放一两年都没有问题。又问谌主任是不是还有事要他办。我说没有。这令他很不解和不安,执意要留我们吃午饭。我告诉他我们要马上赶回南昌坐飞机。

在封总办公室总共坐了不到15分钟。离开时谌琪再次对封总表示谢意,一是感谢这次公关上的协助;二是感谢他为LT培养了我这个好人才。她能说出如此客套的话,很令我惊奇。她的话让封总也当着她的面猛夸了我一顿。

上车前,一向幽默的封总拍着我的肩用饶州方言感慨:"老弟,改行进大企业这步棋你算是走对了。现在这个社会什么都是假的,新闻可能是假的,夫妻可能是假的,就连爸爸都有可能是假的,只有钱是真的。等我到50岁退居二线,到广东去投奔你。"

老吴安排的饭我们也吃得潦草。我和老吴、能清、凯东以及公安局的文友汪填金大哥喝酒叙旧时,谌琪给南昌打电话,说在《饶州早报》社办事耽误了时间,让江西区域经理和鲍经理傍晚带着我们的行李在机场等,我们午饭后直接开车去机场和他会合。

虽然下午要开长途车,谌琪还是主动跟我的四个老朋友一人喝了一小杯啤酒。他们四个只知道她是我领导不知其他,自然深受感动,连从不喝酒的能清也干了一大杯啤酒。在他们看来,我在 LT 确实有了光辉的前程,一个个感慨不已,埋怨县城的逼仄。

老吴是我早年的吉他师傅,虽说个子不高,但人豪迈歌也唱得豪迈,听我说谌琪是科班学音乐的,邀请谌琪现场清唱一首歌。谌琪以自己学的不是声乐婉言谢绝了,但很认真地表示:"以后会有机会的,下次你们来广东玩,我请你们唱歌。"邀请不到谌琪,但被谌琪的真挚感动得不行的老吴自己站起来献歌:"当我离开可爱的故乡哈瓦那,你想不到我是多么悲伤,天上飘着金色明亮的彩霞,心爱的姑娘坐在我身旁……"他唱的是胡里奥演唱过的古巴民歌《鸽子》。当年我离开饶州去上饶工作时,老吴就是用这首著名的情歌为我送行。

老吴嗓音洪亮,手势夸张,把伤感唱得激情澎湃。谌琪笑着鼓掌,在歌声里和我耳语:"你朋友挺可爱的。"

师专毕业刚分到乡下做老师时，老吴也去厦门闯荡过一回。一个熟人介绍他到一家台资鞋厂当主管。车间里橡胶的刺鼻味道让他得了过敏症，一个文静丰满的湖南女孩常煲汤给他治过敏。他就在车间里弹琴唱歌给她听，结果触怒了上司，才干了3个月就被撤职降为普通工人。女孩又常去老吴的宿舍听他唱歌。有天晚上，几个陌生人冲进他房间，一言不发地将他暴打了一顿。在医院老吴才知道，那个快50岁的老上司一直在打女孩的主意，并扬言如果老吴再勾引她就连女孩一起开除。

出院后，老吴直接去火车站买票回了江西，从此不再远行。

老吴希望我在广东代替他实现一些关于远方的未竟理想。

36

在江西的两个夜晚，改变了我在LT的无数个夜晚。

我的意思并不是指我此后的夜晚都和谌琪泡在一起，远不是如此。从江西回公司后，我和她的关系不同于以往——我们有了共同的不可告人的秘密。不过这种变化只限于业余时间。白天，她依旧像个影子般悠闲而孤傲地割据在自己的办公室里，而我，每天被期刊和层出不穷的其他临时任务抽打得像陀螺一样飞速旋转。我们只偶尔在晚上见个面，去她家，或者开车去顺德市的咖啡厅。

她似乎有意和我不发生工作上的瓜葛，这不是做给别人看的，私下里她也从不关心我工作上的事，有时我提起来，她也不多回应。似乎不只是因为对那些东西不感兴趣——其实她对 LT 内部的许多机密和奥妙比我、老曲甚至王铮都要谙熟许多。

那么只有一种可能，她想确保她和我的感情的纯度。

有钱或有权势的女人和同类型的男人可能是不一样的，男人不介意钱、权成为他博取异性欢心时的筹码，而有钱或有权势的女人总担心别人爱的不是她自身而是她身外的附加值。

谌琪是否有这种心理？我不确定，因为她其实连我们的恋爱关系也是不肯确定的，她的理由有二：一、像许多企业一样，LT 是不允许办公室恋情存在的，一旦发生，两人中必须有一个选择换部门；二、她比我大一岁，这样的恋爱不合适也没有前景。

谌琪对我们关系的定义是朋友，或者姐弟。如果按照这样的定义，又有看不懂的地方，她这个朋友或姐姐有时也会同意我吻她，甚至，每过半个月或 20 天，我们之间会很自然地发生在饶州宾馆发生的事。她的敏感度和反应强度也都在与次俱增，像一个植物人的渐次苏醒。只是，事情一结束，她会在两分钟之内迅速恢复成朋友的样子，理性而举止有度，像个有两张脸的双面人。这么大的反差，我以前在任何女性身上都没见识过。

对我来讲，这些已经够了。我们的关系到底该怎么定性？以后有没有前景？这些都不是我所在意的。虽然谌琪过去的情感经历让我不舒服，尤其是她和康文卓的事！但她那么漂亮，而且是学音乐的，本性里也有许多和我相似的东西。在 LT 这样的商人堆里能遇见谌琪这样的人，我算是特别幸运了。

这种含义模糊的关系让我感到温暖，让我觉得自己或许能在

LT就此熬下去。

37

这段时间,王铮倒老是叫嚷着熬不下去了,因为图片展由她负责,庆祝酒会也由她领衔。

她和韩主任一样,对工作有着接近病态的苛求。和韩主任不同的是,她只相信自己不信任下属,有外事接待时,她连女下属戴的胸花都要仔细检查,所以基本是事必躬亲,而她脾气又很急躁,工作一紧张就大呼小叫。

这次图片展选图片时,她和李家梁吵了一架,原因是李配合她挑选图片时不积极,经常在她需要找图片时人不在,或者不积极推荐好照片。李家梁则强调:"我并不是你的下属,没义务随叫随到听你河东狮吼。"

和广告公司商议展览设计方案时,她也和对方吵了无数架,不是嫌对方的设计观念太土,就是嫌他们的工作效率太低。整天威胁如果再这样怠工,就炒了他们换别的公司。有天晚上11点多我去办公室给梭罗打电话谈心,她居然还在办公室里和广告公司的一个技术经理争论布置展板的细节。因为来的次数太多,那小伙子和我们都混熟了,看见我就半开玩笑地诉苦,说中午被王铮招来,晚饭都没吃一直谈到现在。王铮用鞋尖踢他的腿:"方案不落实明早都不让你吃饭,你也别想回去睡觉。展览搞砸了,我的饭碗得砸,你的也得砸！"

谁都不喜欢王铮的臭脾气，但她对工作的那种较真劲和狠劲，韩主任是很欣赏的。这样的狠很伤别人的脸面，也很伤自己的身体，但对工作成效是大有裨益的。

LT成立20周年图片展开展时，引起LT内外一致喝彩。不少企业还派了相关人员前来学习取经，称赞LT不光是产品做得精致，宣传也做得精致，任何细节都是一流。

当然，这里面也有我的功劳，和画册一样，展览的全部文字都是出自我笔下，二者有一半文字是完全相同的。

38

韩主任找我谈话，来LT这么久，他这是第一次找我到办公室谈话，刚来的那次见面更像是面试，算不得谈话的。

他手里翻着刚印出来的画册样书，看着我，眼睛愉快地眨动："从图片展的效果看，大家反馈很好，请摄影家拍这个创意很好，你的文字也配得很不错。"

我低头做谦虚状，表示今后还要继续努力。

他对我的表态很满意："听谌主任反映，上次媒体危机公关功劳主要在你，你对传媒界的游戏规则很熟悉，这点很好，要继续保持。"谌琪把功劳全部推到我身上，这明显不太符合事实，她居然是这样跟韩主任汇报的！

他话锋一转："上次'镜头中的LT'活动首发式,李家梁是不是没把出发点时间给你们那组的司机说准确?"

没想到他知道并提起这件事,这事我只在由饶州回南昌的路上跟谌琪谈在公司的烦恼时随口提过一次。她当时看上去没有太在意。我们单独在一起时,她基本不谈工作上的人和事。

我吞吞吐吐不知是否该把详情汇报给他。

他笑笑:"不说也没关系,我随口问问,是这么回事就行。"

他继续前面的话题:"现在我们的内宣实现了一报一刊的双轮驱动,外宣工作相对较弱,迟早要换人。以后你不光是要把刊物做好,对报纸也要有思考,外宣方面也要留心积累资源……"

韩主任的核心意思是,庆祝酒会一开完,就给我的副经理提前转正,这样就会形成内宣一块同时存在两个正经理的局面。这样的局面李家梁肯定很抵触,甚至会有偏激的想法和做法。接着,他说这种事在企业是很正常的,让我不必有压力,把工作做漂亮就行,最后该谁上到总监的位子就是谁,一切靠业绩说话。

他说的一切,全如王铮当初的预测,甚至,比她的预测来得更快步子更大。

我深感意外,稍感欣喜,想了想,又深感不安。一方面是马上要面对李家梁的激烈不满。我当副经理却不归他管辖他已经感觉很掉价很有危机感了,现在这局面他更不可能忍受得了。另一方面出于不自信,我自知综合能力离韩主任的期望还相距尚远。

他或许已洞察了这些,在寄予厚望时,也指出了我身上需要改进的地方:一、要尽快完成从文人到商人的转变,不光是要有想象力,还要有把想象力变成业绩的执行力,要务实而严谨。二、要有野心,野心会产生巨大的工作动力和创造力,在企业就是这样,没有更高的野心,那么连眼下的工作都会做不到最好。三、工作之余要学学粤语,因为 LT 总裁只会讲粤语。

他说的这些,都是我很难做到的。至少,我没有这方面的主观愿望。

这让我很难受——欣喜着,却无法欣喜得彻底。

39

不管是什么感受,工作还是不会允许你停下来喘息,更不会让你有空闲时间去滋生和整理那些莫名其妙的心情。韩主任常在会上说的一句话是:"如果你老感到没事可干,那么办公室马上就会没有你的座位。"

老曲也常对我说:"在企业,被工作像饿狼一样不停追赶的状态,才是正常而有希望的状态。"

10 月份的 LT 20 周年庆典酒会,是总裁办今年最重大的任务,社会影响大,牵涉人物多,千头万绪。韩主任和谌琪统一指挥协调,由王铮的公关中心负责牵头,其他所有部门都分派了协助性任务。连一向爱摆老资格的行政中心的董总监都不敢怠慢,整天忙得连足球都不看了。再消极再油的人都明白,谁要是在这样的关键时刻拆韩主任的台,无异于自杀,别说升职,连工作都保不住。

王铮模仿成都华为集团,在本中心推行"床垫文化",给每个人发一张床垫,中午用于午休,晚上加班太迟就用它铺在地板上当床睡,以省去从办公室到宿舍的来回时间。韩主任对她的创意予以肯定后,其他中心一些渴望升职的员工如李家梁等人也纷纷效仿,整个9月份就吃住在办公室,很少回宿舍。

我不仅要参与酒会主持人串联词的起草,部分节目内容的设计、邀请大型媒体记者、向外界发布新闻等事情都要参与。许多工作内容都不了解,要临时去学习和熟悉,再加上出刊的本职工作,我也被迫天天在办公室加班到半夜,回到房间澡也没力气洗倒头就睡着,连多愁善感的时间都没有了。

我原本也想睡办公室,但办公室24小时开着空调,空气不流通,我的鼻子对塑料、电脑、空调等东西混合成的怪味特别敏感,时间久了就恶心想吐。

到了9月底,不断有人生病,感冒发烧的,神经衰弱无法入睡的,皮肤严重过敏的,口舌生疮讲不出话的,什么样的情况都出现了。韩主任自己也操劳得瘦了一圈。

我和小王在广州做刊物准备回公司,接到李家梁手机,邀我们一起去医院——王铮劳累过度,突然得了病毒性脑炎被送到广州。

我们到达医院时,王铮病情已经得到控制,正躺在床上打点滴,虚弱得连话都没多少力气说,但她手里还捧着一只游戏机在乱按。王铮自嘲:"不住院还没时间玩这游戏。我手里不忙活心里就发慌。"

医生说,她得的幸好是肠道病毒性脑炎,如果是其他类型的,对生命都有威胁。去年他就有一个病人死于病毒性脑炎，是珠海一著名企业的电脑工程师，去世时离25岁生日还差2天。

医生60余岁，年轻时当过全国劳模，对于现在的年轻人他表示严重看不懂："我们那时也玩命，但没有你们这种玩法的，30岁前用命搏钱，30岁后用钱搏命。没有进医院的，也基本都是亚健康。"医生像教育自己的子女一样指着我们这些人的鼻子说："要那么多钱干吗？没个好身体钱再多也不是你的。你们知道吗，你们这些企业人，不仅制造了白领、金领这些好听的新名词，也制造了一个可怕的词——过劳死！"

第二天上班用百度搜索"过劳死"这个新名词，与之相关的资料和新闻吓我一跳：这个名词源于日语，指的是长期慢性疲劳后诱发的猝死，即由于工作时间过长、劳动强度过重、心理压力过大导致身体潜藏的疾病急速恶化，继而出现致命的症状。

日本人的工作压力大在全世界都是有名的，而据世界卫生组织调查，近些年，中国人尤其是企业人的工作强度和压力已超过日本和韩国。也并不能全怪老板，很多金领、白领是出于对更高职位和奖金的渴望不断给自己加压的。据不完全统计，中国每年过劳死的中青年人数在60万以上，且有逐年递增的趋势。

新闻链接中，有许多企业员工过劳死引起赔偿纠纷的案例。

其中最著名的过劳死，是浙江均瑶集团董事长王均瑶，他是温州企业模式的代表人物，曾因首创中国私人承包飞机业务而轰动一时，却因操劳过度患病去世，死时年仅38岁，他创下的著名企业和14亿元资产从此与他无关。

一天后王铮就带着点滴瓶子提前回到办公室，因为她再在医院住下去，她那摊子工作就会全盘瘫痪，对于总裁办，这可比一个人得病毒性脑炎过劳死还可怕。

我把从网上搜到的资料发给王铮看，提醒她："身体是革命的本钱，更是享受革命成果的本钱。"

她连 OA 都懒得打开，边打电话呵斥人边鄙夷地笑我在企业里还是个雏："这算什么呀，过劳死好歹能赔点钱给老爹老娘，你平常不看新闻吗，压力大得跳楼摔成肉饼的都不少呢。你以为老板们都是傻子，你要老板的钱，老板就要你的命。"

她说这些时，脸色苍白而豁达，像个身负重伤仍不肯下火线的志愿军女战士。

40

也就是在这时候，我从梭罗的网站上看见了他在榆林远郊乡下捐建的希望小学的照片，以及他和妻子在那里开始的充满希望的新生活。他们已经从上海搬到陕北，定居在学校里。他们的日常开销和当地人差不多，只是，把电脑和宽带网带到了乡下。学校前面有些荒地，他们把它开垦出来做菜园和花圃，每天上课之余，就到菜地和花圃劳动劳动，用蔬菜养胃，用花卉养心。

梭罗的妻子是他的大学同班同学，从小也在城市里长大，却有着和梭罗相同的对于自然的热爱。为了支持梭罗，她在人生规划里删除了生孩子当母亲这个重要内容。从照片看,她身材瘦小单薄而略显中性,很像我小学时的一位数学老师。我那位老师的丈夫在对越自卫反击战中牺牲,她一个人拉扯 3 个孩子独立生活,直到把他们送进大学。不少人劝她改嫁,她怕孩子去别人家受委屈,始终不从。此后我一看见这种相貌的女性就会油然产生一股敬意。我知道,她们瘦弱的身躯里往往潜藏着比普通人强许多倍的力量和韧劲。

梭罗和妻子站在秋天的田野眺望远方的样子,很像三四十年代从国统区城市到陕北寻找新生活的知识青年,意志坚定而满怀憧憬。傍晚的阳光涂抹在他们的眼镜上,折射出蝴蝶状的动人光芒。

打他手机,早已停机。才想起来,他现在的生活,是不需要手机这种忙人才用的东西的。通过邮件交流,才知道他现在连固定电话和电视都不用了,如果不是为了给学校的孩子开阔眼界和做网站联系同道,他们连电脑和网络都不想用的。他的业余时间都用来读书、漫步、思考哲学命题,像苏格拉底时代的先哲。

梭罗准备在明年夏天组织"安宁生活"网站上的几个朋友聚一聚,地点暂定在庐山北麓的莲花洞附近。那里有个半隐居状态的陶艺家,他那里环境好房子大,接待能力较好。除了梭罗,其他朋友过去也相对路近。

这个约会对我是个安抚。

至少在接下来的日子里,我的精神是有去向的。

41

10月18号的LT20周年庆典对于总裁办和韩主任来说,是个十年不遇的坎。跨不过去,就会成为一道沟;跨过去了,就是重大业绩。LT总裁的性格决定了LT不喜张扬的企业文化风格,也正因为如此,LT又特别重视每次的宣传活动,容不得半点闪失授人以笑柄。LT20周年庆典带有半社会性质,本市乃至省里的高官、全国的主要经销商、各大媒体都要参加。

韩主任是幸运的,或者说,作为总裁办主任,他的工作能力和敬业态度都是一流的。近500人的场面,近5个小时的庆祝酒会,没有出一点明显的纰漏。我们都亲眼目睹,总裁在酒会进行过程中就拍了韩主任数次肩膀。从总裁脸部的绚烂程度和韩主任笑容的羞涩程度可以明显判断出:总裁对这次纪念活动,不是一般的满意。

20周年庆典酒会是个综合性的大型活动,其中也穿插了文艺表演,由省电视台的主持人主持,节目也大多请专业演员表演。其中的一半节目,由我们总裁办集体策划。从现场的反响来看,有3个策划最为成功。一个是韩主任的创意:在节目中段,由总裁带着几个副总裁一起,给20年前就跟着总裁创业的68位老员工颁发元老勋章和每人10万元奖金。这些员工大多是本地农民,文化程度很低,只有少数几人随着LT的壮大进入了高级管理层,不少人已经退休回家抱孙子。因为保密工作做得好,这个勋章和奖金对他们是极其意外的收获,这意外加剧了他们领受荣誉时的感动程度,不少人当着电视摄像机的镜头流下热泪,用我听不懂的粤语表达着感激和祝福,博得全场的掌声,现场气氛极煽情。

另两个节目分别是行政中心董总监同王铮联手策划的小品《一台电风扇》和我策划的诗朗诵。小品讲总裁当年亲手做电风扇创办LT企业的故事。演员是广州本土一个有名的笑星,巧的是,和总裁长得还有几分神似。他的幽默能力不亚于赵本山大叔,用的还是土得掉渣的本地方言,逗得总裁身子不断往靠背椅上仰靠,险些笑翻。

我写的朗诵诗《20岁,LT正年轻》共120多行,以LT两万多名员工的视角抒发我们对LT历史的缅怀和对未来的担当。由男女主持人领诵,100名LT青年员工集体朗诵。这个节目彩排时被韩主任钦点为压轴节目,事实证明,很有震撼效果。不少人现场就互相打听:"这个稿子是谁写的?"

李家梁曾经卖力地策划过3个节目,其中两个在做方案时就没有通过。唯一通过的那个节目是两个LT新员工以对对联的方式,考对方对LT历史的了解程度。这个创意本身是不差的,但对对联这个形式在大型活动上显得太雅太安静,而且李家梁写对联用力过猛太拗口,书面语感挺好,可在台上用口语读出来就不是那么回事,结果反应平平,险些冷场。这令他在酒会上十分郁闷,不停地用手薅自己的头发,似乎要像拔草一样把它们全拔掉扔到脚下。

李家梁还不停地用眼角的余光找我。在他的预期中,我的脸此刻应该得意得像一摊烂泥,因为我的节目反响热烈,而且,一男一女两个著名主持人煞有介事朗读的串联词也大多出自我之手。

他或许无法相信，我在这次酒会上的郁闷程度并不比他弱。

我一直在观察康文卓，观察他坐在贵宾席上的背影，观察他和总裁一起上台给老员工颁发元老勋章时的笑容，观察他和总裁来我们总裁办敬酒时和谌琪四目交会的情形，观察他和我碰杯时居高临下的潇洒表情。

这样的观察使我突然很难受，吃什么都像是吃苍蝇，胃里极不舒服。在餐桌上我不时地发呆，脸部平静似水，心里又麻又辣，一旦回过神来就猛喝白酒。总裁办内部同事互相敬酒时，我刻意没有敬谌琪。当然不是为了避嫌，这样的避嫌只会吸引大家来关注你的异常因而更加猜疑你。我自己都说不清自己的心理。谌琪也稍稍感觉到了我的异样，主动敬我的酒："张蒙辛苦了，大家都说你的诗写得有气势呢。"她好像从没用如此讨好的口气跟人说过话，以前对我也没有过。

我举杯舔了一口杯里的酒，没抬头也没有用语言回应她。

我假装上洗手间。门一关，就在墙上的镜子里看见两条液体蚯蚓从脸上蜿蜒而下。

不到一分钟，她的短信追了过来："你是不是身体不舒服？"

"没有。"我生硬地回答。

"周末一起到会所打保龄球，然后去我那里喝咖啡听音乐。"从江西回来后，我们也一起打过保龄球，但都是在别处，她说怕在会所被熟人看见。这次她约的地点竟是LT会所。

我回复了："好的。"

发走后又补上一条:"我爱你。"

重新走出卫生间时,我意识到一个问题:我已经真正爱上了这个女人。

42

我的郁闷被谌琪的短信轻易化解,李家梁的郁闷却一直郁结着,并且在此后的总裁办全体会议上进一步恶化和升级。

这个会既是庆功表彰会,又是后阶段工作安排会。一向稳重的韩主任也忍不住有些眉飞色舞,点名表扬了总裁办的几乎每一个人。但是稍后的封赏,并非皆大欢喜。共有6人得到了升职的奖励。首先是王铮,由公关文化中心的副总监升为总监,还有3位副经理转为正经理,两位主管升为副经理。我是转正的副经理之一。

在宣读我的任命时,韩主任做了着重说明,我的职务暂时是经理,但行使新闻传播中心副总监的职权,全面负责内宣和外宣工作。这个任命,比他上次和我谈的职务安排前推了一大步。上次他并没有打算马上让我行使副总监的职权。

他说:"张蒙虽然到LT不到一年,但工作有创造性,策划意识和人文意识很强。LT正在由中国名牌走向国际名牌,我们的宣传工作也要转换思维跟进这种变化。不管是内宣还是外宣,要尽快走上新的轨道。"

这个任命意味着,我的工作压力将比过去大一倍,薪水也将从本月起比过去翻将近一倍。LT就是这样,职务高一级,薪水就涨几乎一倍。

这个任命也意味着,李家梁这个本该成为我上司的人,一夜之间已沦为我的下级。

韩主任这次破格的程度是很出人意料的。LT人力资源部有规定,一般情况,在经理的岗位上任职满一年的人才有资格晋升副总监或总监。我连副经理都没有做到一年。

我的脸有些红,低头作认真记录领导讲话状。

出于对优雅风度的渴望,人在不期而至的荣誉和幸运面前往往有压制得意感的本能,而这种压制只会让得意以另一种更显著的方式表现出来,脸红是其中比较普遍的一种。

李家梁的脸比我的更红,只是由于脸红原因的不同,他的脸红在视觉上和我也截然不同,红里淤积着紫,紫里淤积着黑。他梗着脖子低着头,一只派克水笔被右手的食指和中指夹着,越来越快地甩打着笔记本,啪的一声,水笔不小心甩到对面王铮眼前的桌面上。

他突然甩脸对韩主任说:"主任,我能不能换一个部门?"

"为什么?"韩主任脸上并没有意外感。

"我可能不适合新闻传播中心的工作吧。"他歪着头斜睨着韩主任头顶的照明灯。

韩主任没有顺着他的不满升级自己的不悦。他甚至笑了起来,口气像老师在谅解学生因不懂事而表现出的抵触情绪:"你的执行能力还是很不错的,但观念要跟上企业发展的变化,人文素养方面还是要继续积累。"

李家梁并不买账:"我没那么多时间去积累,还是把我调个部门吧,行政中心、公关中心,哪怕是发配到车间去当工人都行。"

大家的目光都落在韩主任脸上。他仍然保持着笑意:"如果把心思用在做小动作上,到哪个部门都不适合啊。还是多检讨检讨自己再说吧。其实你还是有许多长处的,心态沉静一点还是能做事的。"

这番话并非每个人都能听懂,但至少我是明白的,我想谌琪也是明白的,我用眼角瞟她,她正低头捧着杯子专心喝咖啡。

李家梁当然也突然间听明白了,他嘟囔了几句让自己下台阶的话就没有了声音。

43

LT会所的保龄球馆周末打球的人很多,其中有一半以上是公司员工。我提前 20 分钟赶到,没想到谌琪居然也已经到了,在大堂边上的美容厅里歪着头招呼我。一个小姑娘正在帮她做头部按摩,她示意我在旁边的椅子上坐下,然后继续跟小姑娘讨论用酸性洗发水和碱性洗发水对皮肤的不同影响,从谈话的随意程度看,她们显然是特别熟的老朋友了。小姑娘因此对我也很殷勤,忙里腾手给我倒了水,不时侧过脸来打探我的表情,试图从我脸上看出我和谌琪的关系。

谌琪说过,她有会所好几处消费场所的金卡。

我们一起进保龄球馆时,好些人跟她打招呼,包括顾客和服务员,当然,都很平淡很礼节化,谌琪在公众场所一般就是这状态,对谁对什么事都淡然处之,没有谁能轻易走进她的私人生活圈。我的存在让他们的目光在谌琪身上多逗留了一些时间,但这并不影响谌琪继续和我并肩快步往前。

我打了一会就停了下来。像我这种水平的人,和谌琪在一起是没法打保龄球的,她不断打出全中的技术和轻盈优雅的身姿把我反衬得像个小丑。

远处的球道上有在集团大楼上班的几个面熟的人不时停下来张望我们,这让我多少有些不自在,我告诉了她。

她看都不看说:"不管他们。"继续专心抛球。

我闲坐在球道旁的高脚凳上看着谌琪,越来越多的人在远处看我。或许,他们真的从未见过谌琪由一位年轻的男子陪着打球?

晚餐也是在会所里吃的。会所餐厅没有适合两个人坐的小包厢,谌琪在大厅要了个卡座。这样,我们的晚餐过程就完全置于众目睽睽之下。整个大厅,用餐的至少不下200人。

谌琪安排的这次刻意亮相对我的某种小男人心理自然是有疗效的,至少,可以暂时缓解我在20周年庆祝酒会上因康文卓产生的恶劣情绪。只是,众目睽睽毕竟令人不安心,而且,她为什么突然不在乎了别人的目光呢?

我问她,她顾左右而言他:"这有什么?同事一起打球吃个饭有问题吗?身体伸展的虾不要吃,这说明它在下锅前已经死了。"她更愿意和我讨论基围虾:"疼痛会让活虾把身体使劲蜷缩起来。"

"那你以前为什么说来这边打球怕被熟人看到?"

"所以呢,吃虾一定要挑身体蜷缩的。"她根本不接我的话头。

因为话题合不了轨,在确认我吃饱后,她做手势招呼服务员,晚餐进行了不到 40 分钟就草草收场。

到她那里喝现磨咖啡。在音乐的伴奏下,我继续纠缠刚才的话题。她在沙发上斜靠着我问:"你是不是害怕了?"

"害怕什么?"

"害怕被一个自己并不真正喜欢的人爱上脱不了身?"她说这些时,脸上是种很奇怪的笑,似乎在自嘲,又满含期待。

我听懂了她的话,侧过身去抱她:"是你一直在强调我们只适合做朋友,说我们的感情没有前途。"

"难道不是这样吗?!"

"为什么只能是这样?!假如你像我爱你那样爱我。"我吻她的下巴。

"痒,"她头往后仰,然后回来审视着我的眼睛问,"你真的很爱我?"

"当然。"我停止小动作,以配合这句表白的严肃性。

"然后呢?像过去那样,和我谈几个月或顶多半年一年,然后分手,然后,你再跟另一个女孩回忆我们的交往,就像你在我面前讲你以前的故事?"她脸上还是那种含义复杂的笑。

我不能任谈话在她的反讽下演变成警察审小偷的语言游戏。

我抱紧她,告诉她我从未像在乎她这样在乎过任何女人,我在

LT 的这些日子，全靠她活着。我从小就很向往成熟有个性的女性，只是没有这样的机会。所以，她比我大非但不是问题，而且增添了我对她的信赖和喜欢。如果她也像我爱她一样爱我，等我离开 LT 时，就把她带回去做老婆。

"你真的想过要和我结婚？"

"是，等我攒足了养活你的钱。我知道你在 LT 活得一点也不开心。你需要一个真正懂你爱你的人陪在身边。"

她停顿了许久，忽然，有泪意在眼角蓄积。她把额头枕在我肩上，掩饰调整着情绪。

接下来的时间，自然要谈到康文卓。她主动提起的。她让我放心，她和康已经不可能有什么事情了。上次在江西和我发生某些事后，一回来她就约康谈了最后一次，她和他以后只是普通朋友，他们之间不再有别的可能。康自然并不死心，但看她态度那么决绝，也只有默认，只是死活不肯收回别墅的钥匙。

"他是不是怀疑你已经心有所属？"

"当然，我告诉他了，只是没有告诉他这个人是谁，在哪里。"

"暂时别告诉他！"我承认自己心里确实有点慌。

"为什么？"

"男人是这样的，在看见情敌之前，他或许能保持风度，一旦认识了对方，他将没办法控制自己的醋意和敌视心理。"我这些观点并非来自书本和影视，在我们老家的县城，曾发生数起情杀事件。有一个男人，把给他戴绿帽子的情敌杀死后，还把对方的生殖器割下塞进嘴里。这样一具丑陋的尸体第二天被晨起锻炼的人们发现，此案曾在全县轰动一时。

我把这些事讲给她听。她轻蔑地一笑："我是自由的单身女性，你和他不存在情敌关系，他也不会是那样的人。你是不是害怕了？"她警惕地搜索我的表情。

"当然不是害怕，问题是他知道后事情会变得很复杂，我们待在公司就很别扭了。"

"你不是很不喜欢企业的生活吗？我们可以一起离开，去别的城市，或者，就去你喜欢的老家。"她语气很决绝，而且，不乏对另一种生活的热切期待。

那个瞬间，我心里长期隐秘地绷着的某根弦被猛然奏响了。

来 LT 前，我曾有某种幻想，或许可以把自己打造成一个既拥有成功和财富，又能守住丰赡内心的双栖人。真的进入企业就明白，世界上确实没有两头都甜的甘蔗。在高压强、快节奏的企业里，大脑是唯一重要的器官，心脏不仅没有用处，而且会妨碍大脑潜能的最大化发挥。

显然，我是一个习惯于用心脏生活的人，只愿过那种自由有情趣亲近自然的生活。一个习惯于使用心脏生活的人要转型成一个主要用大脑生活的人是困难的。我想，即便我有这样的愿望，比如像老曲，我也不一定有他那么强劲的动力和毅力，更没有康文卓和韩主任那样的天赋。我对自己的智商和所谓情商都做过分析，即便全力以赴做职业经理人，也做不到韩主任和康文卓那样的层面。就好比一棵草本植物，再怎么努力也长不成参天大树的。我不可能为了做个只是有点钱的小商人而抛弃自己的心脏。

离开 LT 和企业是迟早的事,甚至,在 LT 的每一天,我都是靠对离开的想象来完成坚持的行为。但既然来了,我还是想为离开后的日子多做点物质上的积累。要维持和谌琪的爱情,这样的忍受显得更有必要,我不能让她爱上我后物质生活水平下降太多。

我把这些想法告诉她,她摸着我的头,挺感动的样子:"你不需要那么辛苦,我有钱,如果很平淡地过,差不多也够下半辈子过了。"

她把自己的财产粗略地估算给我听:存款有 50 多万、股市和基金有 50 万,这幢房子现在至少可以卖到近百万。

"但我是男人,我不可以下半辈子都用自己老婆的钱。"

"你还挺大男子主义的。"她被我的好胜的小公鸡模样弄得很开心。"既然这样,"她用手撩了撩拂到脸上的发丝,"那我们以后还是要注意点,在时机成熟前不要让大家知道,韩主任很讨厌办公室恋情的。"

我发现,谌琪确实是真心爱我的,而且,在处理大事时比我果断有魄力。

44

忽然有了想写东西的冲动和焦虑。来 LT 近一年,我基本处于失语状态,写不出一行非工作性的文字。

在此前的八九年里,不管是做老师还是做编辑、记者,每年都会写点散文和诗歌。数量虽然很少,一年三四篇或顶多五六篇,也并没有许多写作者常有的那些功利心, 它毕竟业已成为我的一种生理习惯。我们这类人很容易把写作理解为精神性的习惯,因为它对整理内心秩序大有好处, 其实, 时间一久, 精神习惯就会上升(对,是上升而不是下降)为生理习惯。

我虽懒散,但连续近一年不写东西已突破了生理的忍耐极限。其实,早在前几个月我已经因此烦躁不安了,只不过是没完没了的忙碌分散遮掩了这种烦躁感。

此后的日子依旧会很忙碌,但20周年庆典完成之后的这段空闲像个大漏洞,暴露出我的空虚和焦灼。我想,再不写点东西,我就会像毒瘾发作的人那样整天浑身发抖犯恶心了;再不写点东西,我脑子里的某根神经就要绷断再也对接不起来了。

连续四五个晚上,我把办公室的手提电脑带回房间,然后,关起门一坐就是五六个小时。五六个小时之后,屏幕上的文档依旧是白茫茫一片雪地。

我的心脏像多皱的旧手风琴,不停地拉开又合拢,却发不出一点声响。

甚至,我想写首诗献给谌琪以示谄媚都不能遂愿。写情诗送给女朋友本是最浅薄最无技术难度的文字游戏,但失语症让我连爱情都表达不出来了。

我坐在床上,正犹豫着到底应该砸烂电脑还是砸烂自己的脑袋。王铮打我手机,要我去她家谈点事。

我心情正恶劣,当然,现在的我心情再好也不能随便答应在深夜去她房间了。

她只好在电话里给我传达了一个惊人的消息——李家梁干了件可笑而可怕的事,在总裁下班的路上拦他的车告韩主任的御状。

具体经过如下:

韩主任把我破格提拔成李家梁的上司后,李忽然把挽救败局的希望寄托在一个疯狂的念头上。他到总裁的办公室求见总裁,总裁让秘书问他什么事,他说有重要工作向总裁汇报。总裁说,一个经理没有资格直接向他汇报工作,有事情找自己的顶头上司。李不死心,两次求见未果后,蹲守在总裁下班的必经之路上拦他的车,向他投诉韩主任违背人力资源部条例,把一个来 LT 不到一年的人越级提拔成副总监,同时,递上手写的关于做好 LT 新闻传播工作的设想的万言书。

他的行为让总裁震怒,呵斥他连 LT 不允许越级汇报工作的基本规矩都不懂。事后总裁给韩主任打电话批评他对下属管教不力,居然会录用李家梁这样的狂徒。

王铮的惊讶语气里有幸灾乐祸的成分:“李家梁真是想升职想疯了,他这下算是死定了,不可能再在 LT 待下去了。”

这个不可思议信息像是来自某本古代传奇小说,深夜的玄思气氛进一步凸显了它的荒诞性。

我先是错愕不已,继而,手脚发凉。

45

第二天到办公室，就发现李家梁的座位是空的，在遵守上班纪律方面他可以说是总裁办的楷模，平日比大家到得都要早，一来就打扫卫生整理办公台，下班也从不早退。

10点钟了，他的办公台前还是空空荡荡，让周围的人很不习惯。

中午吃快餐时王铮悄悄告诉我，李家梁走了。

王铮透露，照总裁的意思是要把李家梁赶出LT的，韩主任对待工作虽然十分挑剔严格，对人还是宽宏的。他先按总裁的意思把李家梁炒掉，然后暗中跟康文卓联系，把李家梁招聘到大家电公司去搞宣传，只是经理职务没有了，做普通的宣传主管。

王铮的话下午就被韩主任证实了。韩主任打电话叫我去他办公室，简单地通报了李家梁的事，让我马上向人力资源部打报告招聘一名报纸编辑。他说："他们不懂宣传，先让他们发布广告，录取时还是由你面试，我最后过目。"

他并不愿多谈李家梁的事，显然，情绪上很受打击。见我有些局促不安，又安慰我："这件事和你没关的。企业的活力就是源自竞争，对外对内都是如此。有竞争就会有人出局，物竞天择，适者生存嘛。这是没办法的事。我原来准备把他放到行政中心做经理，他弄公文还不错的。可他自己沉不住气自毁前途，白在LT干了这么多年。"

韩主任说的话确实有道理。企业的活力的确源自残酷的竞争法则，因为竞争的压力可以把员工身上每一滴智慧和汗水都压榨出来。但是像李家梁的这种出局的方式，在全 LT 也不多见。虽然韩主任的仁厚让他总算保住了一个饭碗，但他在 LT 的职业空间算是基本完蛋了。有过拦辇告上司御状的人格污点，没有哪个上司会再提拔他。而他作为主管的薪水，比经理差不多少一倍，这意味着他的生活水平会从此下降一半。

刚来 LT 时，我曾和几个同事去李家梁家里吃过一次饭。

可能是出于对职业前景的自信，他前年在镇上供了一套近200平方米的复式楼，每月要交 2000 多元按揭。他妻子是他高中同学，没考上大学，过去在老家的一个小厂里当工人，跟着李家梁来LT后，因为没学历，人也长得很一般，找不到合适的工作，最初在镇上的超市做售货员，只做了两个月就被辞退了，因为她说不好粤语没法和当地人沟通。李家梁还拿此事跟我们玩笑："我老婆好歹还读过高中，那些当地农民大部分连初中都没念完。就是因为他们有钱，一个高中生必须迁就一伙文盲去讲粤语，真是可笑！"当时他满以为新闻传播中心总监的位置已是他的囊中之物，他的前途和钱途都一片光明，所以才有底气这样大方地拿老婆的遭遇开玩笑。

李家梁后来托人把妻子弄到 LT 物流公司当仓库保管员，前年生小孩后，就在家做全职太太。也就是说，从现在起，李家梁一家三口还有他们住的房子全靠他当主管的薪水供养，一个主管的月薪，扣除 2000 多元按揭后，大约只有 1000 元。而当地一个普通农民，每月的零花钱也不止 1000。

我很担心，被降为主管的李家梁怎么带着妻小在广东活下去。这样的担心让我非但没有升职的得意，而且，心里一阵一阵地发堵。

我从小就不喜欢所谓的竞争，因为每一次竞争都会产生一个受伤者，我不愿成为受伤者，也不愿别人因我而受伤，那样会让我心里很歉疚脸上很尴尬。有时，即便他受伤不是我而是别人造成的，我也会因为自己在场而尴尬，因为他的失败被我这个旁人看见了。失败被人看见这本身就是一种伤害。

李家梁的惨败显然和我有很大的干系，我不可能枕在他的血泊里做香甜的梦。兔死狐悲，这次出局的是他，下一次呢？当我跟不上上司的思路时，出局的会不会是我呢？

老曲和王铮曾跟我讲过 LT 的许多事，别说一个小经理，许多分公司老总都是长期处于朝不保夕的状态。企业里也有派系和管理观念之争，有时，一个高层出局后，他重用的那些部长、总监、经理也会多米诺骨牌般纷纷倒下。

46

老曲从贵州回总部来述职，短短几个月不见，他的手脚和脸都瘦了一轮，唯一变粗的是腰，这让他说话发声时支点更强硬，走路甩臂时胸膛挺得更高。不过从今往后，他亲自走路的机会少了——他用 3 个月的绩效奖金买了辆别克车，准备开着它回贵州去上班。

老曲早四年就考了驾照，现在终于派上用场了。他开着座椅还裹着保护膜的新车带着我在滨海花园和镇上兜风，跟我讲他在贵州和经销商们斗智斗勇的事。他快慰地说："现在总算是理解了毛泽东说的与人斗其乐无穷的意思，不单是结果，斗的过程也充满艺术性和心理快感。"老曲现在不光是看美国人写的《毛泽东传》，还爱上了《孙子兵法》、《资治通鉴》等毛泽东爱看的书。

穿镇而过的小河是珠江的一个小支流，本地居民说，20世纪70年代末水还是清的，鱼虾、芦苇都很多，镇上的人洗衣服都在河里。20世纪80年代初附近工厂多了之后，水就渐渐脏了，鱼虾大面积死亡，然后是植物，最后，连微生物都活不下去了。1990年之后，河水彻底变黑了，不仅颜色黑，味道还臭，整天蒸发出几十年不见阳光的阴沟才有的腐臭味。河虽然臭得没法整治，岸边还是搞了绿化带、凉亭和走廊，否则，镇上的人根本没地方散步。

我们驶过河边时，正是中午，有许多头发蓬乱的打工仔坐在草地上打牌晒太阳，有的拿报纸盖着脸睡在地上。当然，本地的老人也不少，他们或拎着鞋子赤脚在鹅卵石铺的小路上行走刺激脚底穴位，或者伛偻着身子，像个问号似的对着河面发呆。其中有个身影特别眼熟，我让老曲停下车，定睛看去，竟然是李家梁！他穿着整齐的西装斜倚在栏杆上闭目养神。他的妻子，那个朴实本分的高中毕业生在一旁照顾满地奔跑的小女儿。孩子肯定不了解她的家庭所遭遇到的巨大经济困难，仍然笑得像天使那样灿烂无忧。

她越灿烂越无忧，我心里骤然发作的刺痛感就越深越重。

想下车走过去和他们打个招呼，但过去又能说什么呢？用廉价的安慰话使人家更加失落和尴尬？甚至,给对方胜利者打算通过同情进一步榨取失败者尊严的错觉？

他离开总裁办时没跟我打照面,此后也没有任何联系,连我担心的言语发泄和冲突也没有发生,他似乎故意不给我机会表达歉意和同情。

我让老曲把车开走。车子开远后,那孩子的灿烂笑容和她妈妈满脸忧戚的样子轮番在我眼前闪现。

我此刻真宁愿让李家梁回来当副总监,我做经理当他的下属。

丝毫不是矫情,我确实是那样想的。LT对于我现在的人生规划只是一个驿站,对于他和他的全家,则是全部。

但这个愿望绝对不可能实现,韩主任不会同意,即使韩主任同意,总裁也不会同意。

老曲进一步分析说:"即便总裁同意,有了这样的事,李家梁可能也不能忍受你做他的下属,他肯定恨死了你。"

因为同过事,老曲对李家梁的了解比我还深。在老曲眼里,LT的管理层有两种:一是那种身价不断上涨的人;二是上升到一定层次就再也没法升职的人。第二种人又可分为两种:一是像行政中心的董总监那样,上不去了,就心态平和把心思用在广结善缘上,那样的话,他还能保住已有的位置;二是上不去了却死活不甘心,仇恨每个他认为妨碍了他上去的人,把自己的心态搞得很变态,最后害人害己,李家梁就是这一类人的典型。

老曲提醒我:"不要有那种妇人之仁式的无用而可笑的同情心,李家梁在LT一天,就要提防他一天。"老曲认为,李家梁还算是有一定实力的,这使他自尊心特别敏感,他不会眼睁睁看着我踏着他的头顶往上走的,更不会甘于从此只当个小主管。

47

李家梁像块巨大的石头压在我胸口,一想起来就呼吸不畅。与此同时,工作压力也大得像一块更大的石头。

李家梁离职后,对外招聘新编辑。韩主任连看了 5 个都不满意,不是嫌人家性格不好、文化底蕴不够,就是觉得形象不够漂亮,影响总裁办的形象。《LT 报》的担子也暂时全落到我头上,还有对外宣传那块。外宣经理当经理的时间也比我久,虽然才能和个性都堪称平庸,对于我突然成为他的上司心里也有些不平顺,当然,表面上绝对看不出来,表面上,他又是祝贺,又是事事请示,殷勤得很。但事无巨细都请示,其实是在巧妙地怠工推卸责任,把压力顺势倾倒在我身上。

十一和十二两个月又是年尾,既要对当年的工作做扫尾和总结,又要对明年的工作进行规划。

继续不停地和人力资源部的人去人才市场招聘,继续带着《LT月刊》和《LT 报》的编辑去广州排版、校对、付印。这期间,还召开一报一刊的优秀通讯员表彰会(带他们去清远泡温泉),和外宣经理一起给全国各大媒体的朋友准备新年礼物,同时,不停地去韩主任办公室听他对明年新闻传播工作的设想,然后根据他的目标想创意出点子。

　　和韩主任接触多了就渐渐明白他为什么急着让我取代李家梁领导新闻传播工作了。总裁在集团高层的早茶会上多次强调,LT眼下的任务是扩张海外影响和市场,在这样的新形势下,企业的营销战略和品牌宣传战略都要调整。过去,LT的企业文化体现的是总裁的个人性格,在国际化进程中,这些已经远远不够,要根据新的形势,提炼整合出高于总裁个人性格的有LT特色的企业文化。

　　韩主任认为,李家梁过于务实死板,这在过去非常适合LT的文化性格,但连以务实著称的总裁自己都提出了要扬弃他个性里的一些东西,新闻传播中心以后的工作思路就必须要有新思维。他认为我的性格里有些特质比较靠近这种新思维。比如我一来总裁办就推出"LT圣经"栏目探索LT的核心价值观,并确实提出了许多有参考价值的新观点。但究竟该怎么把既务实又创新的新LT形象整合进企业文化? 又怎么把它根植到每个LT员工心里,同时推广到世界上每个有LT用户的角落? 这些问题像一群阵容庞大的蜜蜂,没日没夜地围着我的大脑轰鸣。

　　我开始失眠了。

　　我考大学和第一次失恋时都没怎么失过眠。刚来LT时我失眠过一段时间,那时主要是不适应企业的枯燥和忙碌。现在,原因更加复杂,李家梁和韩主任经常轮番骚扰我的梦境。在梦境里,李家梁从来不说一句话,总是一个模糊的背影站在窗前挡住从屋外照进来的阳光。实际上,李家梁自从我升职后,几乎没和我说过一句话。他的沉默让我既同情又害怕。韩主任到我梦里来,依旧是那副温和而满眼热望的样子，但那种温和在我看来却隐藏着山一样的重量。他们一进入梦境我就会猛然醒来，背脊里直淌冷汗，此后就无法入睡。

但我又没有资格失眠，因为一失眠就会没有精力对付第二天千头万绪的工作。对失眠的担忧使我的失眠愈演愈烈。原本用于安抚身体的床沦为我和自己搏斗的战场，在尝试了数羊、数数等各种可笑的游戏后，我对床和夜晚充满了畏惧和仇恨。

连续半个月每夜睡不够两小时使我几乎崩溃。

没有办法，最后去公司的医务室开安眠片，夜晚的混乱才稍稍平定。

48

周日到谌琪那里听她弹钢琴，听完琴，坐在沙发上聊以后带她回我老家饶州去过小日子的事。

从上次确认了我的爱后，谌琪一直担心，我父母是否会接纳这个比自己儿子还大的大龄儿媳妇。这个我心里是有数的，近几年，父母最大的愿望是有个女人能把我的心拴住，在某个地方定下心来安安生生过日子。至于这个女人应该是什么样子，他们是没有多少先入为主的预期的。以前曾有一个并不怎么出色的女朋友分手后去我家找过我，我妈一见她怯怯甜甜地喊她阿姨，就心疼且心动得不行，回头就逼我和人家复合考虑结婚的事。

当然,我也理解我妈的病急乱投医。在我们县城,男人到了二十八九岁还没结婚就像洪水超过了圩堤的警戒线,再拖下去就危险了。我的情况更复杂,不愿结婚,却坚持不停地谈恋爱,多占其他未婚男青年的指标,这给父母的名誉带来了很大的压力,我妈有一次骂我:"你再不结婚,人家要骂你流氓的。"

谌琪被我的讲述逗得直笑,眉宇间的郁结也渐渐打开。

此后我们在一起时,主要就是谈对以后的具体构想。在县城和乡下各有一套房子,平常在城里随便做点维持生计的工作,周末就去乡下住。我多年前就有个计划,住在乡下体验24节气的渐次嬗递,并用文字、相机、录音机把它全程记录下来。乡下的房子,要把欧式建筑和中国古典民居的特点融合在一起,里面要做壁炉,冬天可以烤火煨红薯。要有个院子,屋前栽花,屋后种菜,……这些当然是我的创意,谌琪每次都一面取笑着我的伪小资一面表示无条件赞同,只是不断地加入我没有想到的细节,比如自来水、抽水马桶、太阳能热水器,等等,她对卫生和洗澡条件看得比吃饭还重要。每次交谈,我们都会给那幢虚无的房子和它所承载的日子加入许多新的元素,就像不断地往壁炉里扔柴劈一样,想象的火光越来越大,烤得我满脸通红昏昏欲睡。

谌琪总是比我多一分清醒。她坐在沙发上用手无意识地摸我的头发,我则枕在她的腿上躺着。她的脸朝着空白的墙壁,我则对着看得见蓝天的窗户。话题有一搭没一搭地蔓延,阳光从窗玻璃上投射进来,追光灯一样打在我脸上。面颊发烫,眼球发痒,在这样的强光中,我居然睡着了,而且睡得很沉,醒来时已经到了下午。谌琪说我睡得香得都打呼噜了,而她的腿,差点被我压得血流阻断,酸麻得半天都站不起来。

此后的日子, 每当失眠时我就想象自己是和谌琪一起睡在那幢乡下的房子里,这样,我和夜晚的紧张关系便会稍稍得以缓和。

49

这段时间,发生一桩麻烦事:谌琪不小心怀孕了。

她有些欣喜地告诉我时,我在心里骂了声真倒霉(工作太忙,又要避人耳目,我们在一起的机会很少,而且每次都选在所谓的安全期),想都没想就和她商量去哪里解决掉。我过去就是这样处理同类问题的,连惊喜都懒得装,每次看见影视作品里的男人在听到这个消息时千篇一律的夸张反应, 我就为男人的浅薄和虚伪感到羞耻, 恨不得上去踹他一脚。

以我的个人经验, 每次听到这种消息的真实心理过程应当是这样的:先是暗自叫倒霉,然后盘算着这么解决,此后才是对自己旺盛的生殖能力感到欣慰。

我真正做父亲前,并不懂得每次生命的孕育过程都有其神圣性(即便还只是一个小胚胎,他也具有了不可侵犯的生存权)。所以,每次知道女友怀孕的第一反应就是解决它,这几乎成了一种惯性。

对此谌琪并不感到意外,对我身上的许多东西她都不意外。何况,她比我更懂得理智的重要性,要在LT继续待,这个孩子肯定是不好要的。

只是，她肯定要比我多一些犹豫，再理智的女人在这个问题上都容易抱幻想。她认真地和我商量:"我们,能不能现在就离开LT?"

我知道她的潜台词是什么。说实话,我比她还盼望这一天的到来。但是现在就离开,我根本没有能力养活她,别说是她这种奢侈惯了的高级白领,凭我现有的财力,回到老家我连一个只求温饱的家常女人都不一定养得起,下半辈子的时间还很长呢。

用她的钱也并不是怕被人说吃软饭。生活中也常见一些英俊有魅力的男人以女人主动供养自己为荣,他们的理论很简单,男人征服世界的终极目的,还是为了征服女人,既然如此,他们能从自己身体上找到捷径直接征服女人当然无可厚非,殊途同归罢了,还节约了成本。我年少时,还一度羡慕过这种男人对于女性的魅惑力。当然,在我和一些家境很好的有钱女性恋爱过后,我洞察了问题的另一个方面,在男女关系中,物质的付出量和感情的付出量往往是成反比的。物质付出较多的人,感情付出往往较少,而物质付出少的一方,必须付出比对方多许多的感情以求得某种平衡。

男人都更愿意多付出物质少付出情感,因为多付出情感的人,在感情上往往容易处于劣势,受到精神控制和伤害。

还有一个疑问是我可能永远不会和谌琪探讨的, 她只是告诉过我康文卓给她买的别墅她一定会退还,三角钢琴也不会带回去。其他的资产就和康一点关系也没有吗? 如果我和她共同享用的财富里有康的影子,我将无法面对自己的尊严和感情。

"他来得太性急了,还是让他先回去,等我们过两年有本钱离开 LT 时再请他来吧。"我态度很温和,说完不停地吻她。对于谌琪,我不敢像对其他女孩那样不经意。

"我是怕,我年龄不小了,怕错过这次以后会麻烦。"她还是下不了决心。

"不会的,安全期都能怀上,这充分证明你是一亩好地。"我的嘴巴在调侃,目光却是坚定得没有商量余地的。

她当然能看清楚我的心思,想了许久,咬着唇点头表示默认。

第二天她没来上班,下午给我短信:"上午去过医院,事情已经解决。"这令我很吃惊,没想到她动作这么快,而且事前没跟我通气,更没要求我陪同。

或许,这就是成熟女性的好处,在年轻女孩最爱耍心眼做文章的大事上,她处理得举重若轻,轻得让你有失落感让你无法不发自内心地心疼她。

我向她道歉,她反过来开导我:"没事的,现在就离开确实很亏,我们的年终奖就损失大了。"她虽然有玩笑的意思,说的却是实情,LT 经理以上的管理人员,年终会有等级不同的奖金和分红,少则两三万,多的据说可达百万。她说这话的口气,仿佛我们已经在一起过日子了。

这时候,怀孕这件负面事件的正面效应凸显出来,我觉得我和她的生命已经有了血肉相连的特殊关系,这种关系会让我们的感情更牢靠更具亲情色彩。

50

一月份,终于把接替李家梁的编辑敲定。鉴于韩主任的挑剔和对未来战略的考虑,我没有考虑应届大学毕业生。他们或许活跃有上进心,但限于阅历,他们参悟国家宏观经济形势和企业文化内核的能力会比较欠缺,很难马上跟上韩主任的思维。我从100多份应聘资料里挑选了一男一女两位媒体资深记者供韩主任选择,从照片上看,形象也都不错。韩主任让我先面试,条件相当的情况下优先录取男性,女性有婚假、产假等诸多麻烦,抗压能力也不如男性。

最后选中《沈阳晚报》经济版的一位杨姓男记者,小伙子27岁,身高也超出韩主任划定的最低标准一米七二,他大学学的是中文,却做了5年经济报道。北京的那位女硕士,素质外表都不错,只得忍痛割舍让她暂时先回去,等以后有机会再合作,作为补偿,给她报销了来回机票。

其实按我的想法,本可以录取她取代那个干不了多少事的小王的。但我想我是没法对小王开这个口让她离开的。虽然我一直不满意甚至有点讨厌她。

谌琪知道这事后,一方面肯定我的善良,一方面又慨叹我确实做不了商人,商人做任何事首先考虑的不是面子而是成本核算,不换掉小王,她的大部分工作压力就得由我自己来承担。

人员配齐后,大家一起跟着韩主任去惠州的著名家电企业

TCL参观学习。回来后,新闻传播中心推出新年的三项新举措:一、每天从全国各大媒体的经济新闻和评论中精选出20条左右制作成内参,通过OA向全体管理层发布,同时打印出纸质文本送呈集团高层;二、从"LT圣经"里摘出20句浓缩了LT价值取向的格言,让广告公司精心设计,喷涂或张贴到集团和各公司的走廊、办公室墙壁上,大力宣贯LT企业价值观;三、除办公楼外,在每个公司的待客室和生产车间布设报刊架,让每个LT客人和工人都能随处看到《LT报》和《LT月刊》,制造强大的LT文化磁场。

这些努力,得到高层和基层员工比较一致的好评,也直接导致了韩主任在分配年终奖金时对我的倾斜。

我当然无从知晓其他总监的奖金数,在LT,一切个人收入都是保密的,但看到存折上的那个数目,我的心尖还是忍不住跳了一下——它几乎是我在老家一年工资总和的三倍。

我相信,韩主任对其他副总监不会这么慷慨。

51

这个春节,没法和谌琪一起过。

和往年一样,她要去泰州陪母亲和继父过年。父亲去世5年后,母亲改嫁给泰州教育局一位丧偶的退休老干部,他们是高中同学,平常两家也长期有交往,相似的伤痛经历很自然地把他们黏合在一起。谌琪继父的儿子在澳洲结婚生了一群孩子,平常难得回来。

不管在哪里工作,谌琪每年都要赶回泰州陪二老过年。

我也要赶到厦门去和父母弟妹会合。

父母到厦门帮弟妹带小孩后,爱上了那里冬暖夏凉的好气候,我家的重心便从饶州位移到了厦门,去年过年也没回饶州。我对此很不习惯,我的朋友大多在饶州,离开饶州后对那片土地也一天天心生眷恋。就像许多人说的,一个从未离开故乡的人是没有故乡的。离开饶州才五六年时间,我就忘记了它的落后和世故,只记得留在那里的青春和朋友了。

谌琪比我早走一天,临行前留给我两只上等玉手镯,让带给我妈和妹妹,是她前不久出差云南在腾冲买的。

"上次听你说你妈爱戴玉,现在市场上的许多玉都是用化工原料加工的,戴在身上不但没好处还有毒。这些玉镯是用植物颜料沁的色,绝对环保,你让她们戴这个。"她指给我看,又叮嘱一句:"就说是你买给她们的。"

我看了看价格标签,打3折后每只也将近1万元。

我妹妹绝对不相信我会给她买这么昂贵的礼物,我妈估计也不会信。

52

厦门是我很喜欢的一个城市,至少比广州要喜欢十倍,小巧、漂亮、安静,滨海而居。只是在厦门过年并不是我所向往的。这里毕竟没有我的根。

我和父母一起住在弟弟的复式楼里。弟弟大学毕业后没有分配,应聘到厦门一所中专教财会课,嫌工资低,干了一年就辞职到厦门最大的台资服装公司,从出纳一直干到财务总监,今年年薪已涨到20多万,和LT的高管的待遇相比当然还有很大差距,在厦门过日子却早已步入小康了。他没有老曲那样的野心,却也安稳没什么风险,赚了点钱就跟团国内国外到处旅行。父母对他很满意。

3个孩子中,父母最不满意的就是我。过去不满意我在每个单位都干不满3年,现在最不满意的是,我到了30岁还没有结婚。在他们看来,这不仅是一个问题,简直就是一种罪过。

过年又变成了对我的批斗会。

我妈说:"再过几年,你侄儿都要问你,大伯,为什么你的弟弟妹妹都结了婚你还不结婚呐?"最后那句她是模拟我还不会说话的侄儿的语气说的,腔调滑稽,令我哭笑不得。

在市政府幼儿园当老师的妹妹也模仿乡下老太太的口吻劝我:"别挑拣了,篮里拣花,越拣越差。"

我懒得和她们纠缠,把谌琪买的玉手镯送给她们,分别告诉她们:"这是你的儿媳妇(这是你嫂子)送给你的。"

我妈被我这手弄懵了,以为我在耍她,任凭我怎么说也只是将信将疑。

还是妹妹了解我,问我这未来的嫂子是怎样的人?怎么认识的?

我挑好的随便说了说。

看着电视一言不发的老爸注意到手镯的价格，欠起身来警觉地问我："这么贵，她怎么这么有钱?！"

我妈咕哝了一句："鬼晓得你这个能谈几个月。"坚决不肯收下手镯。又举起对着阳光看成色，说："玉真是好玉，要是你们真结了婚，我就戴。"说罢要还给我。我不理她，对妹妹递眼色让她帮我做工作。

我每天跑到厦门大学后的田径场上散步想心思，在那里跟谌琪以及饶州的朋友打电话发短信。有一次还一个人到鼓浪屿看大海。大海在暮霭中愈显苍茫，让我想起在 LT 的孤独和谌琪对我的巨大抚慰。情绪顿时像涨潮一样澎湃起来，我一口气跑步登上鼓浪屿最高峰日光岩，面朝北方对着手机喊："谌琪，我爱你！"

她正陪母亲在超市买东西，被我的疯劲弄得又感动又紧张。和我的心态不同，在结婚前，她不想让母亲知道。她的个人问题也早成了老人家的心病，她不想让母亲满含期待最后又失望，对母亲那将是非常可怕的打击。

我告诉她不会存在意外情况，然后故意逗她："我不跟你说，你把电话给我岳母，我自己告诉她。"

她压着嗓音笑着，让我别发疯，又对着手机跟母亲解释："没事没事，一个朋友和我开玩笑。"

家里人可能感受到了我这次恋爱和以往的诸多不同，对我的讥讽态度逐渐缓解，这让我在春节的后半段稍稍体味到节日的快乐。

53

春节的休闲喜庆气氛在 LT 开工后只延续了半天,总裁向上午他遇见的每个员工派送利是,其他高管、中层管理人员也要给自己的直接下属派送利是,同一部门的年长的职员一般也得给年轻的同事发利是。利是不是奖金,金额都很小,100 元、50 元的居多,当然也有个别比较高额的,图的是和睦和吉祥。我对这个把广东民俗和企业文化融为一体的习俗感觉不坏。

我收到利是包 8 个(其中一个 100 元的是谌琪发的,我心里暗自觉得搞笑),发出去 16 个(其中的一份是因年长的身份被王铮强讨过去的,也挺搞笑),亏损近 1000 元,却找到当上司的些许优越感。我有点明白了,LT 为何有上司为下属埋单的惯例,当然,更看不见下属给上司送礼。

发钱的人其实比领钱的人更有心理快感!

这个道理,那些靠受贿积累财富的政府官僚们恐怕永远不会明白。

接受利是的人,不仅少了那种居高临下的快感,还要拼命地给派送者干活。开工的当天下午开始,总裁办就忙得变成了战场。

54

新闻传播中心的工开得并不顺。

从去年开始,LT 加大了和国外进入世界 500 强企业的技术合作,去年和日本的东芝合办了一个公司,今年春节期间总裁亲自领队,到韩国和 LG 签署了一项重要合作项目。这个消息自然是新年第一期《LT 报》的重头戏。

我指示年前才加盟的杨编辑,用 LT 总裁和 LG 总裁在签字台后热烈拥抱的大幅照片做头条,并配上响亮的压图标题。他取的主标题是"LT 总裁激情拥抱 LG 总裁",副标题则介绍合作的主要成果。这个标题很客观,但既不精练也缺少文采。

我正在《广州日报》排版中心审其他版,也未细想,顺着他的思路就提笔改为"LT 激情拥抱 LG",省去两处总裁,既节省了字数,也突出了总裁对于两家企业的特殊代表性,文风也更空灵有韵味。

我比较满意自己的修改,却忽略了另一个问题。

报纸出来第二天, 就有人在集团大楼门口新设的阅报栏上用打印的 2 号黑体铅字提意见:"这个标题貌似巧妙, 却缺少政治头脑,似乎 LT 在巴结 LG,应当改为'LT 和 LG 激情拥抱'。"

批评得很有道理,也很刻薄。

我头"嗡"了一下,斟酌了许久,还是把情况报告了韩主任,韩主任皱着眉思考了片刻:"改的是不错,不过也没有那么严重嘛,LT

和 LG 确实还不是一个重量级的嘛。他为什么要在集团门口的阅报栏上乱贴标语？是故意让总裁看了不舒服吗?！"

韩主任立即打电话让人把贴了评语的报纸换掉,换上新的。然后坐下来和我谈心。我在心里盘算东西到底是谁贴的,为什么不敢手写而用印刷体的字。我怀疑的第一个对象自然是李家梁,语气和做事风格都非常像他。

韩主任似乎并不想和我一起探讨这个问题。他的注意力放在对此类失误的预防上。

"我对你的任用可能是有点心急,引起一些人嫉妒也难免。我的意见是,不管日常工作有多忙,还是要挤海绵,挤出点时间来研究企业的决策和管理。总裁的性格和思路也要研究,这样吧,你每周末去中山大学读在职的 MBA 吧,不光是学管理,那里的氛围对你从文人到商人的转型会有很大帮助。"

我点头。

我对 MBA 一丁点兴趣都没有,不过只有点头。就像走仕途的人要读党校,职业经理人要想上升必须读 MBA 给自己镀金。

55

一周之后,王铮告诉我李家梁得到了应有的报应,他又被大家电公司炒掉了,至于什么原因没人知道。大家知道的是,李家梁去本市另一家家电公司应聘,人家嫌他对薪水要求太高,又是老对手

LT 的,担心他是来做卧底的,没敢接纳。他急火攻心,吃不下饭睡不着觉,心脏病突发,要不是他老婆打 120 急救及时,这会恐怕都不在人世了。不过救过来之后,心脏用塑料还是别的什么材料搭了个桥,从此不能太劳累太激动了。他父母怕他再出事,从湖北乡下赶来,硬要把他一家三口都接走,说是宁愿在老家做小买卖,也不肯他来广东挣那份受罪钱了。

王铮向来讨厌李家梁的虚荣和土气,见他到了这份上,嫌恶中也略有了些同情,不过她又马上嘲笑批判自己有点伪善:"不过这算什么呀?一将功成万骨枯,自古都是如此啊,谁让他那么嚣张啊?你看深圳和广州,炒股失败、找不到工作跳楼的有的是,报纸都不愿登这些破事了,多了就不算新闻了……"

王铮后来在说什么,我根本听不清了,耳朵像是潜在深水里,只听得见不规律的水泡声和自己胸腔里的闷跳声。

我想,我再也不可能静心坐在办公室编报刊、对外发送新闻稿、召集通讯员采风,研究总裁的心电图,更不可能有心思去读什么 MBA 了。

我就是每天躺在谌琪怀里也没法香甜地入睡了。

如此你死我活的搏杀,我以为只有战场和动物世界才会有,如果只是为了吃得更好、住得更舒适、活得更有面子,有必要如此逼迫对手和自己吗?!

去她家喝咖啡时,谈起李家梁的事,我很认真地对她说:"我还是早点离开 LT 吧。"

她似乎并不奇怪,只是提醒我:"你不要冲动,想清楚再决定。"

"没什么可想的，再待下去我的心脏不出问题大脑也会出问题。"我确实有这样的担心，李家梁虽然走了，但他也正因为如此而成为我心底永久的阴影。如果没走，等他在别的部门东山再起时我还有自我解脱的机会。更主要的，总监所要担负的责任和压力比经理大得多，我实在没有把握能始终跟上韩主任和LT一日一新的思维。我总有种预感，有一天我也会成为下一个李家梁。即便我竭尽智力和体力气喘吁吁地跟上了，我也没有兴趣继续过这种即便赚了满口袋钱也没时间去花的日子。

谌琪见我信念笃定，才告诉我："李家梁是被康文卓炒掉的。他跑到康那里，说你一直在勾引我，还把我骗回老家住了一晚。你还记得吗？小家电公司的那个鲍经理，他是李家梁的大学同班同学，鲍可能知道了我们的事。"她低头看看我，继续说："如果你还愿意在LT做下去，我不会告诉你的，怕你心里有压力。其实康也不会把我们的事张扬出来，更不会为难你的。他人不坏的，也很要面子，我了解他的为人。"

轮到我观望揣摩她的神色了。

"你不要误解，我不是说他好话，也没和他见面，他打电话跟我说的。"

"那你跟他说了什么？"

"他问我是不是真的爱上你了，我承认了……他后来也没说什么。"

我枕着她的腿躺在沙发上，半天说不出话来。

她弯下身子亲我的额头，头发堆了我一脸，然后，顺势趴到我身上。

"你带我一起走吧,去你老家,做一幢属于我们自己的房子,你回报社上班,我随便找个事做。每天给你做饭,然后要个孩子,平平静静过日子。"她说,声音很低很慢,听上去像是梦话。

我决定马上抓住这个梦。

56

给《饶州早报》的封总打电话,问我能不能回去上班。他以为我开玩笑,爽快地答应:"你的编制在这里,当然随时可以回来的。"手机的背景音好像是歌厅,挺吵。

我告诉他我不是开玩笑,是真想回去,具体情况等回去再详细报告给他。

他愣了一下,语气转成关切和紧张:"你在那边,没出什么事吧?"

我愉快地说:"没有没有,就是想回来结婚过小日子。"

他还不放心,第二天又打电话问我昨晚是不是喝多了酒。我说没有,因为在办公室,没和他多聊。

给我妈打电话,让她马上给租我们家房子的学生家长打电话,房子不要出租了,我要回去住。我妈随口问:"回去干什么?是不是你们老单位编制保不住了。"我父母基本上算是本分传统的知识分子,把编制看得很重要。我从上饶转道来广东时,他们就疑虑我的编制在《饶州早报》能保多久。父母自然也希望我能像弟弟那样多赚些钱，但在赚钱和正式工作二者之间，他们还是更看重后者。我妈老说的一句话是："像你弟弟那样，钱虽然赚得多，但长期加班，也不稳定，得一天算一天，我情愿他有个正式工作，安稳！"

我骗我妈说县里在清编，再不回去要除名的。

我妈叹着气，似乎有点舍不得 LT 的高工资。

我爸抢过话筒说："那你赶快回去上班，我早说过你，在哪里都做不久。净开玩笑！"

第二天，同样的谎言对着韩主任也重复了一次。

他深感震惊。并不是震惊原单位要开除我，而是我居然会在乎这种开除。LT 有许多中高层都是从有正式编制的行政或事业单位跳槽过来的，最初，大家基本也都经受过被除名的威胁，却没有一个人因为怕除名决定回去，因为在这边干七八年，就能赚下在内地熬一辈子的工资，这笔账谁都会算。

韩主任进一步给我算账："在 LT 站稳脚的人，没有会再回原单位去的。你这样回去，人家会误以为你在这边混不下去，或者犯了错误。你回去了日子也不会好过的。"

我只好表示，自己的个性并不适合在企业做，素质上也有许多欠缺，我担心自己会跟不上企业的飞速发展拖他的后腿。

韩主任扶扶眼镜，似乎松了一口气："这个我对你有信心，你身上确实有些书生气，对企业的一些潜规则也还没有太悟透。但你有思想，可塑性也强，后半年进步很大嘛。"他注意力一转："是不是上次的谈话给你压力了？我也没什么批评你的意思，现在是知识经济时代,提倡终生学习嘛。可能我太心急了吧,你慢慢转型,一旦转好了,你的思想和策划能力会成为你在 LT 打拼的优势。如果上次话说重了,还请你原谅啊。"

王铮说过,韩主任是 LT 脾气最好修养最好的上司。其他许多高级管理者,特别是在生产和销售一线的人,对下属是不可能以这样的口吻说话的,他们就像战场上的指挥官,只注重业绩而不考虑下属的自尊和心理压力。政府的行政领导还会偶尔做出民主、亲民的虚假姿态,企业和军队一样,讲究等级和绝对服从原则。

韩主任的姿态让我感动得都接近羞愧了,某个瞬间,我几乎要放弃自己的决心向他的谦和举手投降了。

我不停地对他一年来给予我的信任和扶植表示感谢, 最后还是一狠心,说了一句不好启齿的真心话:"可能,可能我本质上并不想做个纯粹的企业人吧。可能,可能我还是更喜欢当个自由散漫的作家吧。"这和我第一次见他时的表白完全相反。

我不敢看他的眼睛。

他沉默了许久。然后,这样下结论:"你的意思我明白了。我的建议你也考虑一下。我以前也是学文科的,我个人的感觉,其实转型做个纯粹的企业人也挺好的,做企业同样是门艺术,并且,你的每一份创造和付出都会得到市场的高额回报……我们, 明天再谈吧。"

第二天韩主任并没有再着力规劝我, 他可能是在知道谌琪也有相似的计划后明白了什么吧。

他把我叫到办公室,确认了我态度未变后,让我马上把上次未录取的北京女硕士招聘过来,然后,跟部门的每个人仔细做好交接。

我满脸惭愧起身准备离开时,他问我:"走之前有没有什么困难?有困难一定告诉我。"

注销工资折时发现,韩主任给我多开了两个月的工资。

这增添了我的愧疚感,也增添了我日后怀念 LT 时情感的复杂程度。

57

谌琪是总裁办副主任,她的辞职并非韩主任一人可以确定,要走的程序很繁琐。辞职后房子和车子等方面也还有许多琐碎的事情要处理。我的意思是把车子卖掉,在县城生活用不上开车,相对于以后的收入,养车的费用不是一笔太小的开支。她不同意卖车,说已经习惯了开车,并且旧车卖不出价钱。谌琪让我不必担心经济上的事情,以后我只管上班做自己想做的事,她负责理财。她提出:她晚一个月办辞职手续,我先回饶州把回原单位的事落实好,再把父母的房子简单装修一下(重点是把卫生间的洗浴设施弄好,确保随时可以洗热水澡),然后再回广东来接她。

我过去常设想的情形是,离开的那天,我们像从德占区逃出来的犹太人,献给 LT 永别的一瞥,然后,义无反顾地奔向广州火车东站(似乎它通往的不是江西而是二战时的中立国瑞士),买两张卧铺票,激动得舍不得睡觉,相拥着畅想即将到来的自由快乐的新生。

结果是我一个人先去打前站。

不过她的建议很有道理，我不能让过惯了精致生活的谌琪跟我回去后没个像样的地方睡觉。我父母的房子住了六七年了，原本就没怎么装修，现在又出租了一年多，不知乱成了什么样子。

现实像是打了5折后的想象。我退掉LT滨海花园的房子拎着包对刚过去的300多个日子说再见时，心头还是涌起无尽的感慨和欢愉。

昨天和办公室的同事告别时，王铮到深圳出差了。在火车站候车时打手机跟她告别，她一边和人谈着事一面臭骂我，说我辜负了韩主任的栽培和期望，错过了这一次，我这辈子不可能还能遇上这么好的发展机遇。听我被骂得嘿嘿笑，她也嘿嘿笑起来："你真是个农民，居然有大钱不赚甘愿回县城去过苦日子。你以为是上山下乡啊。不过不另类就不是你了。一路顺风啊。"

火车晃动着离站往北蜿蜒蛇行时，给老曲发短信告别。车窗外能看见大片芭蕉叶子时才收到他的回复："早知道会有这一天，没想到走得这么快。既然已经决定，祝愿你回内地后能找回自己的内心。"

这是我听到的最令我感动的送别赠言。

58

车上往事和未来混乱交缠，一夜基本无眠，车第二天近午时抵达南昌,买了下午3点半去饶州的汽车票。中午在车站附近随便吃了点炒粉,然后去师大附近的"青苑"书店买书。这是江西最有名的一家人文书店,我过去曾专程来南昌到这里买书。除了文学、历史和哲学,这次我特意找了些植物鉴赏和栽培方面的书。

匆匆赶到车站时,由私人承包的中巴客车却不按时开,出站后,又在街头沿途揽客,上满客至严重超载后,却又并不按广告上写的走高速公路,为了省过桥过路费,宁愿沿鄱阳湖南岸绕一大圈走年久失修的旧公路。

早上还很饱满的欢愉心情被这辆拥挤、缓慢、空气污浊的破中巴颠簸得七零八落。到达饶州时已经是晚上9点。

这时想起老曲的誓言:就是打死我也不回江西了。

也想起谌琪的话:有辆车确实很方便。

去租房的学生家长那里取回父母家的钥匙,再扛着大包小包进门,人已基本累瘫。家里的乱象继续恶化我的情绪,除了基本框架还能勾起我对往昔的回忆外,其他给我的感觉是人非物也非。墙壁霉斑点点,色泽晦暗。家具凌乱,纸屑满地。客厅里的灯泡昏黄得像一只浑浊的老花眼,把我的影子孤零零地涂抹在瓷砖破碎的地面上。

急剧的时空转换诱发了我多愁善感的毛病。连吃点东西的欲望都没有了,我倒在破旧的布沙发上,像只被大海抛弃在沙滩上的鱼,屋子里安静得能听见自己的耳鸣,邻居家传来小女孩锯外国火腿式的拉小提琴的声响,这更加重了我的失重感和孤独感,尽管谌琪来电话后短暂地改善了一下情绪,电话一停,孤独就又混在黑暗中从四面向我包抄而来。

想想宾馆也才一两百一晚，就冲出家门，去县委宾馆开了一个标间，痛痛快快洗了个热水澡，然后开着电视机，一个台接一个台地翻着，到凌晨才迷迷糊糊地合上眼睛。

59

天亮之后心情好了许多。

买了一条硬中华去报社找封总。他正架着腿在办公室喝着茶随意地翻阅《参考消息》，春天的暖阳从玻璃窗倾泻下来，照在他的半个身子上，一只浮满绿茶的超大陶瓷茶杯热气袅袅，使他显得更加悠闲。这样的闲散在 LT 人身上是看不见的。

虽然前几天打过电话，我的出现还是让他不怎么敢相信自己的眼睛，一面热情招呼，一面把办公室的门关上，然后，等着听我说回来的真实原因。

我说的原因和电话里基本一样，不过是面对面叙述得更详细些罢了。

他听不到新鲜的答案，善解人意似地笑笑："没关系没关系。我也晓得，沿海大企业和我们内地的小企业不同，竞争特别激烈，能混下去的都是人精。回来也好。"

又问到为什么不去上饶而直接回饶州，我告诉他因为不愿交城市增容费跟那边的领导搞僵的事。回到饶州来，是准备结婚安定下来,然后做点自己想做的事。

"你呀,还是很书生气,花 2 万块钱买个城市户口也划得来嘞,城市就是城市,县城就是县城,生活质量就是不一样啊,将来子女的教育也要好一些。"他很替我遗憾,身子松弛地倒向椅子靠背。

话题停顿尴尬了一两分钟,他忽然想起什么:"你说结婚,莫不是跟上次开车送你回来的那个女的?"

我如实相告。现在我不需要对任何人隐瞒我和谌琪的关系了。

他爽朗地呵呵呵笑出声来:"我当时就觉得奇怪,一个女领导怎么可能会单独开车送你到饶州来嘞,原来真的有名堂。"

"这些情况你父母都晓得吗?"

"跟他们说了,也支持的。"

这样封总就不多说什么了。

除了"是长得蛮好"这半句话,他对谌琪也没发表其他看法。只匆匆见过一面,估计也谈不出更多的印象。

封总换了种公事公办的口吻,很正式地对我回来工作表示欢迎,还说了些把沿海的先进经验带回来传授给大家的客气话,只是对我回来继续做副刊编辑的要求表示不理解。他的意思是让我先做期刊副主编,然后再边走边看。

"你出去磨炼那么多年,在那么大的企业都当到副总监,现在回来还做个小编辑,浪费人才不说,人家还以为我故意压制你呢。"

封总性情豪爽,我又是他调进报社的,算是他的嫡系,跟我讲话就不绕弯子。

"我回来主要是过份自在日子,有时间看看书写点东西,做副刊还是比较清闲一点,也符合自己的爱好。"我也不说场面上的客套话。

他还是有些拿不准这个老下属的真实心态,毕竟很久没一起共事了。见我态度坚定,也就先应允了下来。

我和封总约定,先把房子装修好,再休整一段日子,一个半月后再上班。

他拍拍我的肩膀,爽快地照准:"你现在又没拿工资,随便哪天上班都行。"

和报社老同事们挨个打招呼时,几乎没有人相信我真的会回来上班,以为我在开玩笑说20年后的事。

财务室的张大姐把我从同事的包围圈里拽出来,拉到没人的楼梯口,问我能不能把他一个侄儿带到 LT 去。

60

中午能清请客,和老吴、汪填金、凯东等几个老朋友一起到码头边吃饭。

河边的一艘趸船被改造成"船上人家"鲜鱼馆,县城里的人现在流行到这边请客。

因为事先有过电话沟通,他们的反应自然不像其他人那样诧异和狐疑,问清楚我在那边的月薪和年终奖金的数额后,还是忍不住替我惋惜。

酷爱写风情散文的汪填金开玩笑说:"大家都往沿海跑,你硬要跑回来,真是逆流而上啊。这是文学对金钱的胜利啊,大家都像你这样,文学就不会边缘化了。"他总爱一厢情愿地把我的形象上升并简化成文学守望者,似乎我做出这样的选择只是为了写作。

能清不停地用手掌摩挲着大腿,似乎这样才能把他的遗憾磨损掉:"如果能再坚持几年,赚个四五十万回来就更划算了。我还说等你站稳了脚跟把我也带过去。天天写歌功颂德的新闻,一个月也赚不了 1000 块钱,除了吃饭什么也剩不下呀。现在饶州也开始搞开发了,经济没搞上去,地皮先炒贵了,听说房子马上要涨价了。"

老吴的兴趣主要在谌琪身上,在 LT 时,就跟他透露过一些我和她的事。老吴喜欢音乐,自然对学音乐的谌琪印象特别,他用嘲笑的口吻赞赏我:"你自己不敢考音乐学院,就找个学音乐的美女做女朋友,牛!"

在政府办当秘书的凯东对我的选择表示了理解,凯东说:"企业的环境是很残酷,对你这种性格的人来说,回来也许是对的,只是没想到你会回来这么早,我以为至少要等到 50 岁。"

大家就一起转而夸奖谌琪的漂亮。能清说,谌琪是我谈过的女朋友里气质最好的一个,他或许心里还有一句:也是我谈过的女朋友里年龄最大的一个。这句他当然不会说,他说出来的话是:"你也确实要结婚了,就差你了。"

他们又猜测谌琪的薪水,我说,差不多比我高两倍吧。

几个人都很吃惊,老吴说:"她在 LT 工作那么多年,肯定很有钱。那你们以后可以不用上班了,坐在家里弹弹琴、写写东西就行了。"

大家哄笑，我也跟着笑。

这样的谈话让我很愉悦。这样的愉悦，在广东从来没有过。

"船上人家"的特色是湖水煮湖鱼，野生鳜鱼、鲶鱼糊、青鱼、银鱼蛋羹……这些家乡菜是如此醇厚而贴近我的口味，味蕾和胃都有了种浪子还乡的亲切与感动。

我想，谌琪也应该很喜欢吧。

61

老吴老婆的表哥是县城一家私营建筑装潢公司的头，老吴自己的房子就是他们装修的。我特意去他家考察，从效果看，这些人的审美水平不算太低，因为人熟，价格也还合理。

第二天，老吴就帮我叫了一拨人来装修房子。老吴说："你放心，都是知根知底的熟人，他们不敢黑你的。"

这也就是小地方的好处，小地方基本是熟人社会，无论办什么事都能找到熟人，出了问题也总能找到人出面担当。

我乐得清闲，除了地板是自己挑选的，其他材料的采买全部交给了他们。这种修补性的简单装修，总价也没多少钱。

懒得在屋子里听噪声、闻装修材料的怪味，我买了辆山地车，白天黑夜地在县城内外到处闲逛拍照，体验那种无所事事的轻松自在，逛累了就再回去睡觉。

62

我们县在鄱阳湖边上，因地理位置优越，水产、农产发达，在秦代就正式设县，建县城的历史比鄱阳湖的得名还早 800 年。后来一度还成为饶州府治所在地。

不过在农业文明时期被称作鱼米之乡的地方，进入工业社会和信息时代之后，往往比那些原本贫瘠之地更容易故步自封。一是观念上容易留恋昔日繁华；二是由于水运交通发达的优势被废止后，偏居一隅的劣势就会凸显出来，经济发展及思想观念同现代文明接轨的速度自然比不上铁路和国道沿线的那些新兴县城。

改革开放许多年了，我们县的商业气息还不是很浓。在我们这个古老的县份，仕的地位一直远远高于商，特别是县城，外出做生意、打工的年轻人并不多，只有找不到正式工作和在官场博弈中受伤的人才会远走他乡，用商业上的成功来包扎在仕途留下的伤口。像我这样的人，自然不会适应这种官本位文化流行的故乡，我在饶州工作时，正是惧怕这种文化的压榨才逃往上饶的。不过，与这种官本位文化伴生的另一种氛围是我有点喜欢的。

我故乡在时代的角落里保留了浓厚的官本位文化，也保留了和农业社会一脉相承的尊崇文化、享受日常生活的习气。

许多年来都是这样，我们县推崇读书人，每年高考一放榜，当年的文理科状元的名字和光辉事迹就会成为大街小巷的热门谈资,他们俩的名字会一夜之间变得和县委书记和县长齐名。当然,这种现象或许和"学而优则仕"的语法逻辑有着内在的因果关系。也正因为这个,我们县的民间文化人长期处于一种似是而非的尊重当中。总有一些县官会不时当众对某个布衣文化人表达自己的敬仰和亲近感(只是当这个文化人信以为真去找他办事时,他又会现出鄙夷文化的另一副嘴脸)。他们在台上、酒席上讲话时也酷爱硬塞进一些古味十足的佳句名言,以显示自己的不俗品位。当然,也确实有不少年轻人因文笔好性情乖巧而被他们选去当秘书最后封得一官半职。官人们的这种嗜好在民间起到的引导作用却是积极的,我们县的老百姓,对写作能力好、书法好、会唱几句赣剧的人是容易高看一眼的。这维持了民间文化人对于文化价值的许多幻想,使得他们长期保持着蠢蠢欲动的激情。

我们县的人过日子的态度也延续州府人的从容和优雅品位。田里有粮,湖里有鱼,地里有棉花,山上有木头。这样的生态背景遮蔽了人们远眺的眼光,也使得大家有底气忽略内心里对于金钱的贪欲(我们县老百姓的生计虽然谈不上多富裕,真正贫穷的也并不太多,老曲的老家在特别边远的湖区,那里的贫困并不具备普遍性)。

小富即安说的就是我们那的人,安心之后,生活也容易过得从容精致起来。

和广东、浙江人相比,无疑,我们县的人民堪称好吃懒做。他们当然也使用现代计时工具,不过作息习惯看的主要还是太阳,日出而作,日落而息。即便在县城也大抵如此,迎着朝霞上班,驮着夕阳回家,大多数单位,在办公室也没多少事可忙,看看报纸喝喝茶,谈谈天说说地时间就过去了。时间观念通过交通工具很直观地表现出来,一个人口16万的大县城,却没有出租车,仅有的几辆公交车还是破烂的小中巴,开得本来就慢,还不设固定站点,招手即停,走三步停一步。到了21世纪,主要交通工具还是人力踩的黄包车。我过去在报社上班时,发生过黄包车夫对税费不满围困县政府的事,车篷红红黄黄的汇成海洋,数量达1000之巨。

县城人的业余生活也不单调:老年人去城后的芝山锻炼,年轻人到歌厅K歌,中年男人夜夜畅饮,中年女人成群结队去露天舞场跳交谊舞和木兰舞。回到家,不管老少,都是麻将桌上的铁哥们好姐们。我们县城的餐饮业是最大税收产业,公款消费去酒店,私人埋单去小摊。从春到冬,四季都有通宵夜市,专候那些熬夜打麻将或偷情消耗了过多体力的人。

对本土民俗研究得很深的汪填金曾写过文章推介饶州的饮食文化。经他考证,全鱼宴有数百种菜谱,单是鄱阳湖特产银鱼的烹饪法就有近30种。我们县有48个乡镇,其中只有两三个乡镇拿不出特色菜。令我们县的美食家们既骄傲又尴尬的是,流传在省内外的名菜藜蒿炒腊肉甚至登堂入室进了上海五星酒店,而它的主要原料藜蒿不过是鄱阳湖边随处可见的喂猪草。另外,还有许多真正的好菜尚在民间菜谱里被埋没着。汪填金的研究表明,我们县的人把自己的主要智慧都用来为舌头上那些不起眼的味蕾服务了。

在LT时,我常跟谌琪讲故乡这些既陈腐又生机勃勃的世俗乐趣,我想让她接受一个观点,一个地域居民的生活质量和经济水平并不是同比增长的,有时候,落后地区的人的生活质量反倒比发达地区要高许多。

我想,她愿意离开广东跟我回县城,除了爱情,我对故乡的无限美化也起到了蛊惑的作用吧。

63

我得承认,一个远离故乡且久别故乡的人是很容易美化故乡的,原因很简单:一、远离会让你忽略它的粗鄙而只惦念它的温柔;二、久别会让你的记忆定格在过去的某个时间点,而当你不断怀念时,故乡其实也会随着时间奔跑变化。

上次回饶州时间太仓促没特别留心,这次回来,发现故乡近几年变化确实不小。用眼睛直观看到的是,主街和广场被拓展翻新,街上的广告牌多了,品牌服装店、家电连锁店多了,夏利、捷达牌的出租车也有了几辆。甚至,以上海南京东路为母本克隆辐射到全国各大小城市的步行街在我们县城也出现第 N 代子孙,只是沿街店铺刚做好尚未完全卖出而已。在县城北郊,一些浙江人、上海人开发的房地产楼盘也在一天天长高并向四周扩展,更远的南郊,一个比飞机场还大的工业园区也已破土动工。

用耳朵听到的信息更丰富:从去年开始,省里发出"全民创业"的号召。县里因此出台了一系列鼓励全县上下齐创业的土政策,例如县里的机关干部除干好本职工作外,还分派了招商引资的任务。

大家纷纷三个一群、五个一伙坐着火车或飞机奔往沿海地区和内地发达城市，托关系找门路，千方百计找到那些手里有闲钱的老板，又千方百计把他们拉到饶州来投资。招到商就拿百分比很高的回扣做奖金，招不到就当做公费旅游，反正路费能报每天还有出差补贴。

上次和谌琪一起回来刚进饶州县境时，就看见公路上不断有"欢迎到饶州投资兴业"之类的系列横幅广告，印象最深的一条是"外商在饶州违反交通规则不罚款"。我以为是写错了，后来问县里的朋友，说是配合招商引资制定的标语。起因是，曾有一实力雄厚的外商开车来我县谈合作，进城时因道路不熟悉违反交通规则被交警罚款，这厮一气之下调头到邻县去了。某副县长闻听此事气得亲口下令开除了那个合同制交警。交警大队遂制定内外有别的交通规则，并把它宣示在两条进本县的主干道上，给外商看，也给政府和招商局看。

政府居然也默许了。

报社的同事告诉我，以往，春节期间县领导只给饶州籍在外工作的副厅级以上的干部家属拜年，现在，饶州籍的外地大富商的家属也得上门慰问。

政府对富商的尊崇导致了"有钱光荣，没钱可耻"的思想在民间坐大。创业这面光鲜的旗子被滥用到单位和个人的非法敛财行为当中，不管是什么职业的人，都靠山吃山把赚钱当作了第一要务：警察靠抓赌抓嫖赚钱（当然外商不在可抓之列），教师靠补课，医生靠手术刀和处方笔，无单位又无勤劳美德的女青年靠自己的身体。

我们县小富即安的内陆心态似乎在一夜间就被瓦解了，像那些发达地区的人一样，赚钱成了全县人民精神诉求的关键词。

翻看《饶州早报》，常看到这样的图片新闻，一些回家过年或探亲的打工仔说："走在崭新的街道上都不认得回家的路了。""家乡这两年的变化，超过了过去10年变化的总和。"

这些对着记者说的话虽然措辞有些冠冕堂皇，但确实不算太夸张，这两年，我家乡外在面貌和内在观念的变化，的确都超过了过去许多年变化的总和。

我骑着车在县城四处转悠，发现确实很难找回记忆中的那座县城，不仅建筑在翻新，要从县城居民脸上找回过去那种淡定的满足感也难了，我只在老街区一些晒太阳的老人身上看见记忆中的家乡的神韵。

我心里涌起复杂的感受，既心怀祝福又倍感失落。我想起老曲曾说的一句话："再过20年，内地也会变成广东。"

我想，大多数中国人都愿意自己的家乡变成广东。

好在，我们家乡的田野变成广东的可能性目前还并不大，它的绿色实在是太广阔了，要在上面盖满工厂并不是那么容易的事；它的河流的后台也太大了，要把整个鄱阳湖的水都染黑，再多的污水也得费点时间呢。

白天我大部分时间在郊外流连。正是粉红的桃花、雪白的李花、杏花和嫩黄的油菜花参差开放的季节，把田野点染得同画一样，雨天是水彩，晴天像水粉。耳边只有风声和蜜蜂微型轰炸机般的鸣响,我也像只蜜蜂穿行花间,鼻孔一刻不停地翕动,收集各种花粉的香味,直至被花粉醉倒。

我躺在油菜地畔的菜地上,久违的斑鸠声忽远忽近、忽高忽低,把天空叫得很空洞很潮润。头顶欲滴的蔚蓝让我感到无比自由轻松和幸福,继而,倍感伤感。

这时我知道,我想我的谌琪了。

64

房子以前装修的底子还是不错的,除了卫生间扩建并做了大的改造,基本框架都没动,装修起来很快,加上我催得紧,七八天就好了。父母的主要家电早搬到厦门或变卖了,所以一切都换了新的,包括沙发。

热水器、电饭煲、抽油烟机、微波炉、电磁炉、冰箱、洗碗机全是LT牌的,买齐后我才意识到这点。

我准备过几天装好空调就回广东去接谌琪。这样刚好有几天时间可以透透房子。跟她约好了到广东的日期,然后愉快地想象和她一起从广东回江西的旅行。

傍晚装好空调,躺在沙发上测试新买的34英寸彩电,谌琪的电话来了,说她上网订购了几样家具,已经送到学校操场。送货的师傅不认识我家,让下去接一下。我想:糟了,可能会和我买重东西。还有啊,网上连家具都能订购吗?怎么送得到这么边远的地方啊?!

下楼到操场边,没看见运货车。

站在树下等,身后有鸣笛声,是一辆银灰色的小车。

突然醒悟过来,小跑过去,心脏擂得胸腔哐哐地响。

车还没熄火,引擎盖轻微地颤动。谌琪在挡风玻璃后嫣然地笑着,墨镜被推架到额头的发际上,像个英姿飒爽的女航空兵。车身也配合着我的联想,连玻璃上都覆着厚厚的灰尘和泥点,像刚从战场上撤下来。

她熄火开门跨下车,身材挺俏得似乎不止一米六八高,白色休闲衣裤和高帮休闲靴纤尘不染,神气得直晃我的眼。

一些踢球的学生停下来看我们,一个认识我的师母也放缓倒垃圾的脚步往这边张望。这强化了我的羞涩。

还是那种感觉,只要分开一段时间,哪怕是短短几天,每次再见谌琪都像是第一次见面,她的光彩让我不敢正视,不敢确信她和我之间已发生的深刻关系。

她故意极其平淡,反而使她隔着发丝偷窥我反应的眼睛更显妩媚:"我不是故意要给你惊喜的,是事情提前处理好啦。"广州的别墅她退给了康文卓,她自己的房子临时找不到好买主暂时不卖省下许多时间。

实际上她主要是怕我去接她来回跑太辛苦,就决定自己开车来了。早晨 5 点出发,开了 11 个小时,中途只在赣州的高速公路服务站吃了份快餐。所幸有 GPS 导航,没怎么走弯路。

其实我很期待也很享受接她回来的过程,脑子里还做过各种预案,包括中途在韶关、赣州一带逗留看风景。她却自作主张把一切都省略了。看在她那么辛苦那么自得的份上,又不忍心责备她。

谌琪对装修还算满意,特别是辟出了专门的沐浴间,并迁就她的习惯把蹲便池换成了抽水马桶。她知道我坐在抽水马桶上浑身都不自在的毛病。

这个细节令她感动,趁我不注意主动亲了一下亲我的脸。

她极少有主动亲我的时候。

晚饭是在外面的餐馆吃的,之后去校园外的圩堤上散步,她随着我的指点扫视着圩堤两侧的河流和水田,思绪却与此无关:"这个房子迟早得还给你爸妈,他们以后回来得有单独的房子住。年轻人和老年人感情再好,住久了也容易彼此看不惯。我们还是尽快在县城边上买块地做幢房子吧,刚才一路看来,有不少楼盘在动工,城里的地价和房价很快会涨起来的。钱我已经准备好了。"

确实有道理,我父母做了一辈子教师,看见年轻人睡懒觉就火冒三丈,而他们的早晨一般是从 6 点开始,估计年纪越大早晨提前的幅度会越大。他们一回来我就得搬。

不过我此前的设想是在外婆的村庄祥环村做幢房子。那里空气好、风光好,我是在那里出生的。

"文革"时外公被打成右派,带着家人从县城回老家躲避武斗,我妈也下放到那里做老师并把我生在那。回城读小学后,我每年暑假都要跟父母到那边去住一段,那里有我童年时的几个朋友,现在,外婆外公也安息在那里。

从乡村的宗族谱系来说,祥环村自然算不上我的故乡,但我是在那里出生的,精神的根在那里。一个人只有在自己的精神故地,灵魂才会得到彻底的安宁。

外婆外公留在村里的老房子早已颓废,那里地势低,做房子不理想。不过村后的土坡上还留有一个菜园,现在借给邻居用,是做房子的好地段。我跟舅舅商量过,让他跟村里协商好,把那5分地留给我围院子做幢楼。舅舅的两个女儿都嫁到外省去了,他在县城过了大半辈子,讨厌农村雨天的泥水,在那里过一夜都不习惯了。舅舅想都没想就答应了,就是不明白我怎么愿意去那里做房子。舅舅年轻时爱好过文学,最后这样揣摩我的动机:"你是想住在那里体验农村的生活写乡土小说吧⋯⋯做房子成本太高,本来我帮你找个房子大的人家住也行嘛。"

谌琪倒是比舅舅更理解我:"说实话,我肯定更愿意在县城做房子定居,生活方便,房子也会升值,把房子做在那么远的乡下,钱就变成了死钱,不可能有升值的可能。不过我们离开LT本身就是不算经济账的选择。如果你特别留恋那片土地,那就依你吧。以后我们在城里再买套房子,城里乡下两边住吧,也算是投资,房价涨了再转手。"她说。

在LT时没有发现,谌琪其实挺有经济头脑。

65

第二天的早晨因前一夜的狂欢推迟到10点才算开始。

起床后一起去菜场买菜。谌琪特意换了套低调的休闲运动装，不过她穿什么都有种与众不同的气场，怎么说呢，相对于一般女性慵倦、松懈的形体面貌，她的低调里也是隐藏着张扬的。她的举止与步态是经得起模特训练师挑剔的，五官和皮肤是经得起特写镜头推敲的。她即使目不斜视专注地走自己的路，还是会有许多目光聚焦到她身上。

　　路上不少行人侧目或回眸。其中有一些是县中教师和他们的家属。

　　在菜场买菜时，一个很熟的师母趁谌琪在一旁挑鱼时悄声问我："是你老婆吧？"我虚荣地含笑默认。谌琪还是听见了，离开菜场时挽起我的胳膊，连续遇到几个熟人打招呼后又松开，进了屋又拐上。

　　我基本不会炒菜做饭。谌琪在父亲患病时练过一段时间，菜炒得还不错，只是许多年不操练了，手有点生。在广东时她基本是在餐厅里包月订餐，偶尔自己煲个汤。

　　她的做派却是专业的，厨帽和围裙都是从广州特地买来的，还是某著名品牌的全套设备。煎鱼时，她左手举着油壶，右手挥舞着锅铲，一惊一乍忙得有声有色。

　　我倚在厨房门框上和她聊天，不时赞美一下她厨师动作的专业。有了这样的合作，原本可以打80分的菜吃起来就有了100分的味道。

　　面对面坐着吃饭。可能是前面太激动把话说光了，忽然进入失语状态，下意识地扒饭时，不时地羞涩地抬脸看对方，看着看着就忍不住各自笑起来。

第三天去祥环，路上她亲自下车去买鞭炮和冥钱。车开一个小时多点就到了，径直开到村前的老樟树下。外婆外公的坟就在树后的矮竹林边，高大的石碑上铭刻着他们一生走过的路。

我点鞭炮她烧冥钱，然后，一起向外婆外公鞠躬。

我点着烟深吸，借以平息流泪的冲动。她额头抵在外婆的墓碑，嘴唇嚅动低语。去看老屋的路上问她跟外婆说了什么，她说祈求外婆保佑，至于具体保佑什么，她却不肯说，说是怕说出来会失灵。

老屋只剩下一些断垣碎瓦，邻居的房子也是如此。让我脑子里冒出一个可以写成散文的标题：时间的废墟。

她让我找到我出生的房间的位置，然后站在那里让我给她留影。很认真，拍了一张怕效果不好又要求再拍一张。

年轻人近两年陆续外出打工了，村里很寂静。这和我的预期也有差异。在我的记忆里，村庄主要是由劳动和爱情构成的，就像电影《甜蜜的事业》、《咱们村里的年轻人》所展示的那样。一个没有年轻人和情歌的村庄，能有什么活力和魅力呢?!

转了好一阵才遇上几个老人，有认识我的，过来打招呼，我连忙分烟。他唆着烟眯着眼看看我又看看谌琪，当面问："是你老婆吧？"我说："是。"又问："娃哩？怎么没带来？"我说："还没生。"他"哦"一声，便要拉我去家里喝茶吃昼(午)饭，我说有事马上要走。他就又接了我一支烟，夹在耳朵上重新扛起锄头走了。

村主任和我童年时一个叫北林的朋友带我们一起去看了菜园

的地形。北林是村里为数不多的几个留守年轻人之一，因为家境在村里尚可，长期犹豫着要不要出去打工。

菜园在村子后面的高坡上，东西两侧是其他人家的旱地，长着黄灿灿的油菜。南边离穿村而过的马路一里远。北边视野极其空阔，坡下是一座小水库，水面澄澈如镜。水库以北是无边的油菜地，金黄的波涛随风暗涌，一波一波流泻到三四里外的另一个村落。

谌琪被这里的环境感染了，挽着我胳膊的手有点兴奋："你知道吗，我觉得这里有点像法国南方乡村，阳光饱满，色彩明艳，也很恬静。艺术家都喜欢那里。"来乡下做房子的积极性也高涨了一些。我们当场把起围墙和做房子的位置规划好，甚至把种花种菜的位置都想好了。

谌琪想了想，要我以舅舅的名义去乡里办个正式的土地证，回去马上找建筑公司做设计。

温软微醺的风把发丝轻拂在脸上，她墨镜架在发丛上眯着眼远眺的样子煞是迷人。

第四天，谈到结婚的事。

和我几个朋友们吃过饭喝过酒回来后谈起的。

她试探地笑话我："你到处承认我是你老婆，那你打算什么时候那个啊？"似乎说出结婚那两个字会让她觉得羞耻。

"随便啊，你反正已经是我老婆了。要不你定吧，只要不是俗日子就行。"

她想了想，又把球踢还给我："忌讳那么多，那还是你定吧。"

"这个日子必须很特别，并且要有纪念意义，那就选在房子做好的那天吧,我们在院子里和农民一样摆个露天婚宴。双喜临门。"我信口说,为自己的创意感动不已。

她看上去不像我那么感动,想了想,也没有提出反对意见。

第五天,她催我把老吴、老吴的表舅子和他公司的技术人员约到一起吃饭,讨论房子的设计方案。

她从包里倒出早就准备好的一些欧洲两层小别墅的画报资料,从里面挑出比较容易仿建的样品,让对方根据我的设想做些布局和设计上的修改。谈了一中午没有理出头绪。她要求下午继续谈,直至画出清晰可操作的图样。

老吴的表舅子作出为难的样子:"我们从来没有做过这样的房子,框架复杂不说,光是这个壁炉和玻璃观雨台就要增加许多工序,而且上半年雨水多,施工难度比较大……"

谌琪没听他说完,干净利落地拍板:"这样吧,每平方米的工钱再加20元,120元吧。要求只有一个,在确保质量的情况下尽快动工。"

这样的价格显然超出了对方的心理预期。老吴的表舅子马上翻包去找合同,嘴上忍不住赞叹:"大企业出来的人就是不一样,爽快。"

第六天,因为前一夜的狂欢,整个一天都没有早晨,我们天黑时才起床外出觅食。在圩堤上散步时,我扶靠在她身上作虚脱欲瘫状,她掐着我手心小声骂:"小流氓。"

66

第七天,去了一趟庐山莲花洞。

梭罗知道我离开 LT 回到老家后,在"安宁生活"网上写了一篇文章《走慢些,等等灵魂》。"走慢些,等等灵魂"是一句印第安格言,说跑得太快的人会丢掉自己灵魂。他在文章里写到我和他的交往经历以及我的最新选择。

住在莲花洞的陶艺家魏俊峰知道我回老家后,邀请我去他那里玩。因为从饶州到莲花洞,开车两个多小时就能到,刚好还有个"安宁生活"网上的朋友在他那里做客。

我们到达莲花洞时,是中午时分。魏俊峰的房子在九江通往莲花洞的路边上,地处半山腰,前后都是大山,院子前有清澈的涧水蹦跳地流过。

房子四周的树丛里还有一些红顶别墅,他的房子因为简朴和别致而容易辨识,外墙没有贴瓷砖,连水泥都没有刷,全是用硕大的红石砌成的,二楼的木栏杆也是原木未涂油漆的。院子大门上还贴了副特别的对联:"到清凉处,生欢喜心。"

我们一到,正好赶上午饭,魏俊峰把粗糙原木做的长方形餐桌搬到院子里,坐在太阳底下请我们喝酒。在座的还有他的妻子、读小学的女儿,另一个是骑自行车环游全国名胜风景义务宣传环保的木子。

魏俊峰是脸谱化的现代艺术家形象,头顶光光下巴却胡须茂密,个子不高但特别粗壮,他玩笑说是做陶做成这样的,陶艺家是体力劳动者。

他老家在景德镇,比我大十余岁,景德镇陶瓷学院毕业后去佛山的陶瓷厂工作,从技术员做到技术副厂长,后来自己出来独立办厂。赚钱最疯狂时,突然厌烦了那种火热却生不出欢喜心的忙碌生活。几乎在一夜之间,他做出决断,把厂子和房子都卖了。然后寻到他大学写生时到过的莲花洞买地建屋。5年前这里还是荒野,地价极低,他的院子圈得极大,种满蔬菜和花卉,房子只有两层,但做得很宽敞,二楼用木板隔出了6间客房,同时住十几个人一点问题没有。

房子做这么宽敞,摆放陶罐陶碗很方便,来了客人也方便住。魏俊峰说他上山5年来,整天在屋子里做陶。每天在陶和自己的内心之间踱来踱去,最长时半年不下一次山。他做陶不是为了所谓功名,甚至不参加任何陶艺展,他用揉捏陶泥的方式把人生揉捏成自己想要的形状——淡泊,欢喜,接近于佛。那些注入了他的身体气息和旷日玄思的陶盏和陶瓶,他一件也舍不得卖,拿走它们就像割走他的部分生命。这5年基本靠过去的积蓄度日。他和外界唯一的联系就是网络和来访的朋友。"安宁生活"网的好几个网友来庐山旅游时都吃住在他这里。

木子就是其中一个。

在LT时,我没时间上网和大家联系、交流,有时深夜会上去浏览一下。木子的经历也从网上略知一二。他和我同年,东北吉林人,清华大学生物学专业毕业,毕业后分在国家林业局。改变他人生轨迹的契机貌似是一次失恋。3年前相恋了8年的女友移情别恋离开他之后,他也离开了原本仕途有望的单位,不再剃须,骑着单车环游全国,边打工边义务宣传环保,但拒绝任何媒体的采访和宣传,也不接受商业性赞助。

失恋的人每天以数十百万计,没听说谁会做出他这种选择。即便对最亲密的朋友,他也是轻描淡写不多阐释。没人了解他选择这种生活方式的最本质动机,也没人了解路上的1000多个日夜里他心里的孤独有多深,也没人清楚,单车窄轮前的道路还有多长。

木子身材单薄瘦小得像个身躯还没有长开的孩子,面孔也比年龄更显稚嫩,只是山羊胡蓄得很长,像是电影演员的假胡子,这更反衬出面孔的年轻。他穿着20世纪80年代末很流行的一套靛蓝牛仔服,头发蓬乱,不怎么说话,但别人说话都仔细聆听,不时报以赧然一笑,眼球湿润明亮得像只刚成年的小体型哺乳动物。

大家一面喝酒,一面享受山上的安静。

远处一幢别墅正在施工,叮叮当当敲钉子的声音穿过空气传送过来,若隐若现,放大了我们耳边的寂静。

魏俊峰说,他在这里做房子后,九江市的一些老板和机关官员也蜂拥过来效仿,不过他们做的是豪华别墅,他做的是简朴的绿色家园,气场是完全不一样的。他院子里的全部动植物都是和谐并处的。

除了猫狗和鸡鸭,院子里还住着一条一米多长的野生菜花蛇,气温高时会爬出草丛来晒太阳,有意思的是,蛇不会咬人和鸡鸭,猫狗也不会骚扰蛇,神话中的伊甸园里才有的和谐,在他的院子里实现了。

吃过饭坐着喝茶,一只粉蝶落在谌琪端茶杯的手背上,她晃了一下手,粉蝶起身,却不飞远,旋即栖落在她的膝盖上,一点怕人的意思都没有,似乎故意要论证一下魏俊峰的气场说。

谌琪脸上难掩惊奇之色,问魏俊峰的却是另一个问题:"这地方大人住着是不错的,孩子习惯吗？"

魏俊峰思忖片刻,不得不承认,他为内心的清净付出的代价是,他的女儿度过了比同龄孩子孤寂许多的童年,上学也要付出几倍的辛苦。她每天要自己走两里路到山脚搭中巴去市区上学,放学再搭车回来,从 8 岁起就是这样。

魏俊峰这样安慰自己:"我女儿也会因此比一般孩子更有敬重自然万物的赤子之心。对于一个人的成长,这其实是比知识的积累更重要的。"

谌琪和我都上过庐山,秋天也还要过来参加"简朴生活网"的聚会,就没有多逗留,当天就返回了饶州,回来的路上,我们一面感叹魏俊峰的心灵家园的美好,一面为自己的选择感到振奋。

我毫不怀疑,我们在祥环的房子建成后也会形成类似的精神气场。

67

接下来的日子,除了带建筑公司到祥环去了几次,我们基本没再出远门。

这期间我们经历了两个好日子,一是新房子的奠基日,二是谌琪的生日。

奠基的日子是谌琪委托深圳那个懂点占卜术的师姐选定的。到了日子果然天气和煦,谌琪买了挂特别长的爆竹并执意要和我一起点火,奠基铲土时也是如此,两双手一起拥握铲柄。

我自然懂得她的用意。

她过生日我买了台一万五的森伯龙立式钢琴做礼物。做房子的钱主要是她出,我不能像过去打发小姑娘一样打发她。这1万5原本是打算给她买金项链、金戒指的,她说自己不适合戴这些,这么多的金子戴在身上很土,即使要买也要等结婚,固辞不让。见我再三坚持,就主动提出用这个钱给她买台钢琴。1万5只能买立式钢琴,而且买不了名牌。

"广东那台以后我不会用了,音色一般却要占半个客厅。你帮我买台立式的吧,正好适合现在的房子。"她语气肯定地请求我。

我懂了并且尊崇了她的心意。在省城的博雅琴行订购了这台森伯龙,货从南昌运到后,这台琴就成了我们这段幸福时光的伴奏音响。我在阳台上晒太阳看书时,她弹琴给我伴奏。我在书房看书写作时,她弹琴给我伴奏。我在客厅临摹美国怀乡写实主义画家安德鲁·怀斯的蛋彩画《远雷》时,她弹琴给我伴奏。甚至,我在卫生间的马桶上姿势丑陋地坐着时,她也在弹琴给我伴奏。从那些流行的钢琴小品,一直弹到她童年和大学时弹的许多我不熟悉的曲子:《肖邦b小调圆舞曲》、《海顿吉卜赛回旋曲》、《海顿升c小调奏鸣曲第一乐章》、《巴赫三部创意曲》、《克拉莫练习曲》等。

是的,在随意而无所不在的琴声中,我不仅恢复了写作,连丢了多年的绘画的爱好也重新捡拾了起来。这些都是我真正有兴趣做的事。

她不弹琴时,就轻声诵读她喜欢的古诗词,经常读的是苏轼的《江城子》:

十年生死两茫茫,不思量,自难忘。千里孤坟,无处话凄凉。纵使相逢应不识,尘满面,鬓如霜。夜来幽梦忽还乡。小轩窗,正梳妆。相顾无言,惟有泪千行。料得年年肠断处,明月夜,短松冈。

还有柳永的这阕《鹤冲天》:

黄金榜上,偶失龙头望。明代暂遗贤,如何向?未遂风云便,争不恣狂荡。何须论得丧?才子词人,自是白衣卿相。烟花巷陌,依约丹青屏障。幸有意中人,堪寻访。且恁偎红倚翠,风流事,平生畅。青春都一饷。忍把浮名,换了浅斟低唱!

我读师专时代女同学,一提到词就必提李清照,而谌琪只在年少时喜欢过李清照。成年之后,更喜爱男性词人作品中的开阔和沧桑。

诵读诗词的爱好是小时候受父亲的熏陶养成的,比弹钢琴更自觉,一直保持到读大学,近十余年也中断了。

"琴棋书画"说的就是我们这段时间的状态吧,我们缺的仅仅是棋,谌琪小时候倒是学过几天围棋,我却是除了跳棋什么棋也不会,根本玩不到一起。

填补棋这个空白的是散步。每天傍晚我们都要到校门口的码头走走,那里留着我青春期徘徊不定的足迹。我们在那里看运沙船装卸,看渔民用网箱养虾,有时也去老街上看县城土著居民的日常生活,他们有的还住着祖传的有雕花门窗的木楼,屋内光线晦暗,老人们整个白天都坐在门口,择菜唠嗑,或者闭目享受阳光和多余的时光。不管大节小节,红白喜事,日子稍有点起色就要燃放鞭炮庆祝一番。他们的清贫而知足很容易让旁观者品味到自己的幸运。

和LT的高管们比,他们像是生活在另一个星球。

我们路过头顶飘满被单和衣裤的青石板窄街时,为了躲避随时可能飘落的水滴,谌琪的手会把我的胳臂拽得特别紧,催促我快步走。

有时也会开车去远郊。我指挥着她,从国道下去,沿着某条小路随意地往树林或油菜丛里开。有天中午突然下起阵雨,车正陷身在一片油菜花的海洋里,这么看过去,三四里之内都没有人烟。谌琪很着急,想尽快开出湿滑的田间机耕道上国道回县城。这时雨越下越大,刮雨器调到最高速都清理不及。

我让她把车拐到一块地势较低的草地上避会儿雨,车子过去后,完全被高高的油菜丛和雨雾淹没。她那天刚好穿着在企业常穿的套裙,我把她拖到后座,用手去脱她的裤袜。她明白我的意图后,惊骇不已也惊喜不已，不知道该斥责我还是顺从我，只是忙不迭地说："你怎么这么疯狂，会被人看见的！"呼吸慌乱得像是要随时中断。我告诉她这不是广东，这样的时候野地里不可能有行人，即便有，也看不见我们的车，即便能看见我们的车，也看不见车里的人。

我说完许多"即便"后，她已经帮我脱下了她的裤袜。我在脱女人衣服方面特别笨拙且没耐心，特别是裤袜这种防盗意识很强的装备。从20岁以来，我从未独立自主地成功脱下过任何人的裤袜。接下来，她的下半身变成夜晚，而上半身仍是白天，并且是在企业时的样子，这使得接下来将要发生的行为充满了撕毁某种庄严形象的刺激感。

这种亵渎和破坏的激情和生理刺激互相推动，把我们的快感神经的兴奋推向临界，而此时，雨也粗暴地拍打着油菜们的头颅和车的顶篷，发出短促而有力的砰砰声，强悍急促如心跳。被折断的油菜茎喷发出的气味从未关严的窗玻璃上弥漫进来，浓烈而腥甜，又加剧了我们大脑皮层的兴奋。这些因素混合在一起，使得快感超出以往的经验达到前所未有的峰值。

此后我们有意去野外寻找此类体验，屡试不爽，只要有大雨，只要窗外有植物汁液的气息。

68

朋友们轮流请我们吃饭，在"船上人家"和其他规格不一的餐馆。之后我们也一一回请。

谌琪对湖水煮湖鱼似乎谈不上太喜欢,但朋友们每次问起来,她都礼貌地赞赏:"挺不错的。"

事后我问她,她才说实话:"和海鱼相比,湖鱼的味道还是稍稍淡了些,不过确实很不错的。比在广州和深圳吃的淡水鱼鲜美多了。"

想想也是,在广东生活了那么多年,她的味蕾更习惯的是海鲜。

谌琪最爱吃的是藜蒿炒腊肉和春不老腌菜炒饭,这是她从未品尝也从不知晓的两道本地特色,几乎每次吃饭她都会点这两个菜。

刚回到家乡的这一个月左右的时间,是我30年来最心醉神迷的一段时光——尽管乡下的房子还没做好,更诗意的栖居还没开始。我在企业所经历的精神压抑和体力摧残似乎已得到了加倍的补偿。

谌琪不会像我这样肉麻地表达自己的感受。她的变化在一点一滴的言行中。

在LT时,许多人都说看见她笑比看见总裁笑还难,总裁虽然严厉而古板,但在公司业绩特别好时还是会笑一笑的,而且笑得面部肌肉失去控制。谌琪则没有这样的机会,她很少开怀,也很少愤怒,情绪跨度不大,似乎她感知悲喜的神经特别坚强,或者说,世界上的所有悲喜都同她无关。在我面前也是如此,我总有种感觉,她内心有个黑洞,是谁也无法看清的,甚至包括她自己。她说小时候并非如此,有时会比男孩还疯,听笑话笑出眼泪的事都有过。

这些日子,她似乎在有意无意地改变这些,笑意很容易在她脸上出现,当然,那种开怀大笑仍极少出现,不知是出于对面部美观和风度的考虑,还是确实已丧失了开怀大笑的能力。她不止一次跟我说,爱和笑都是一种能力。她虽然无法做到在我面前撒娇、说很煽情的话、做很煽情的动作(也许是比我大一点这个事实在妨碍她),却已经习惯出门就挽着我的胳膊,无人时也会主动吻我。有时她还会将头枕在我腿上,给我讲她童年和少年时许多可笑的恶作剧。

读幼儿园时,她曾把苹果籽塞到一个午睡的胖男孩的耳孔里,想看看他的耳朵里能否长出苹果树。男孩始终不知道这个秘密,直到苹果籽烂在耳孔里引发炎症被家长领到医院,她的恶作剧才被揭露出来。她回忆这个经典恶作剧时,笑得差点溅出泪来。

我从未见她这样放纵过自己的声音和笑容。

在夜晚的某种特殊时刻,她习惯了叫我宝贝,甚至,会在我的挑逗和利诱下说些突破日常道德感的无耻语言——这些语言,她平常听我说都会难堪得无地自容。

像一只外壳坚硬、在深水里休眠多年的河蚌,她努力地徐徐打开自己。

有时我半夜醒来,看着她蜷缩着身子躲在我臂弯里熟睡的样子,我都无法相信这就是我第一次在保龄球馆看到的那个高贵冷艳的所谓的金领丽人。

这时我会突然十分心动并心疼起来,然后暗暗发誓一定要好好对待这个为了我甘愿下调物质生活水准的女人。

　　春天快过完时我上班了，一是和封总约好的时间到了，二是我已经受不了邻居们过度关注的目光。有时站在窗帘后伸个懒腰，就会看见一些人围着谌琪停在楼下的车指指点点。他们在说什么我听不见，但光看表情也能猜出一二。我和谌琪长时间的职业恋爱状态已成为她们枯燥生活中的新鲜话题，这辆日夜停放在教工宿舍楼前的粤字牌照车使他们的想象力更加活跃。在县城，私家车还少得可怜，更别说售价在20万以上的本田。

　　谌琪也去县城刚创办不久的实验中学做了特聘音乐老师，上初一、初二和高二、高三音乐特长生的课。做教师是谌琪童年时曾有过的理想，《音乐之声》这部电影中的女主角是她最早的偶像。在广东时，她曾设想过跟我回县城后办个小型钢琴培训中心，回来之后才发现，县城孩子学钢琴的并不多，而且租场地办各种手续也很烦人，就先把这个计划放了下来。刚好实验中学在物色音乐教师，能清带着校长找到我们。谌琪没多想就答应了。每周去上8堂课。

　　正式回报社上班后，报社的许多老同事都吃了一惊。大家想不到我真会舍得下大企业高薪回报社。吃惊的另一层原因是，在我恢复上班前10天，另一个保编在外地做了两年多传销的老同事也回来上班了，据说他非但没赚到什么钱，还差点坐了外乡的班房。他见了每个同事都哈着腰地分烟，家长里短聊个没完，似乎想用谦卑堵住大家的议论。然而他一转身，嘴里还抽着他烟的人就会取笑他当初毅然决然要出去闯荡的气魄，然后群策群力分析他在外头到底骗过多少人的钱。

他的遭遇让我的回归显得也有些灰败和可疑。有时几个同事在办公室聊得正欢，我走进去，声音就戛然而止，他们望着我时的笑容似乎是临时装扮出来的，刻意而虚假。这给我的感觉很坏，我在心里想，他们是不是在像议论那个同事一样议论我呢？

有一次我们清清楚楚地听见一位老同事在办公室发牢骚："想走就走，混得不好就回来！好马还不吃回头草呢！"

真的不知是不是在说我。我只有假装没听见目不斜视地快步走过。

多年没有任何改进的办公条件也让我不怎么习惯，办公桌还是压着绿色玻璃台的那种，办公椅基本是老藤椅。整个星期刊只有一台没装杀毒软件的 486 电脑，6 个人共用。你不想用时是好的，有时想上去看看新闻，轰隆隆运行了半天会突然死机，所以基本上没什么正经用途，主编带头，大家轮流在上面玩挖地雷等弱智游戏。我写东西、上网看新闻、查资料都是在家里用自己的电脑。

编稿发稿还是用纸、笔和糨糊，加上管理制度松散，工作效率极低。星期刊主编和报社分管业务的副总还是老毛病，喜欢用粗细不同的红笔在每篇送审的稿子上大肆修改，并在发稿单上签上大段空洞无物的意见，让你对稿件反复做可有可无的修改，以体现他们各自的高明和重要性。如果编辑在稿子上动刀动得少，就要找你去谈话，要求提高编稿责任心，也不管原稿是否有删改的必要。

在 LT 时，两个人一周的工作量，在这边要 6 个人花双倍的时间完成，并不是工作做得有多精细，而是大量的时间都耗费在扯皮和过多的管理程序上了。

在这里，时间不值钱，劳动也不值钱。

月中到财务室领工资单时，发现工资额和几年前基本没什么变化，国家规定要发的菜篮子费等各项补贴因县财政紧张至今仍没有发。我现在每月的工资，不及在 LT 当副总监时的十分之一。尽管决定回来时对此已有心理准备，但是真正看到这个寒酸的数字时，捏工资单的手还是有失重感，心也跟着空了一下。

更烦人的是，这边的工资和企业不同，和业绩无关，主要同职称挂钩，要想加工资只有提高职称，职称又是和学历、外语挂钩的。我过去在报社时只评过初级职称即助理编辑，现在已到了评中级职称的年限。

办公室主任为了表达善意，我回来后就提醒了我好几次，先去报考职称外语，再报名到省新闻出版学校参加两周业务培训，争取今年把编辑职称拿到手。

评初级职称时，仅仅是填名目繁多的表格和复印业绩资料就把我惹烦了，现在还要搞这么多名堂，不折腾几个月是弄不成的；且评到了中级职称，还要等老同志退休腾出职数。就算是有幸熬到了那一天，每个月的工资也涨不到 100 元。

想想要经历这么多繁文缛节才能拿到那点钱，我谢绝了办公室主任的美意："还是先让其他同事评吧，明年再考虑我吧。"

我知道，他事后绝对不会夸我高尚，同别人说起来肯定是笑我傻。

工资不高,工作压力和工作量相应地很小。编文学副刊也是我的老本行,和那些假大空的新闻比,副刊的稿子审阅编校起来还是多了些趣味的。每天看这些和文学沾点边的文字,也易于保持我写作的兴趣。大家闲谈玩游戏的时间,我就写点自己的东西,或者到阅览室看单位订阅的报刊。

我又恢复发表作品了,我的名字又重新回到省城一些报纸的副刊和全国的散文类期刊上。我贴在"安宁生活"网站上的一些近期写的文章,也得到了一些网友的好评。其中一篇《出走》,很真实地写到我自己从广东回到内地的内心经历,读者点击和评论数甚至创了网站的最高纪录。这篇随笔在省城的都市报副刊发表后,有几个读者给我写信,对我的选择表示理解和欣赏。其中有一个大学刚毕业不久的男生,正拿不准是去"北上广"等一线城市还是去家乡所在的二三线城市求职,他看了我的文章后果断地回了家乡。

他们的感动也令我感动。我没有多少文学上的抱负,用写作来记录生命里程、建设内心秩序是主要目的。读者对这篇文字的赞赏也强化了我对目前生活状态的信心。

我想,能把这样的日子过下去,也还是不错的。

70

谌琪对从小梦想的音乐教师的工作只满意了半个月,此后就失去了新鲜感和耐心。

实验学校离我家两公里远,步行太远,开车太近,骑自行车最合适。我打算给她买辆女式自行车,可还没说完就被她否决了。

她连连摇头:"我长这么大基本上就没骑过自行车,只在中学时学过一下,读大学后就没挨过自行车的边。"

"那你练练吧,骑车还可以健身呢。"

"那我步行吧,权当是散步了。"她认定自己早就失去了骑自行车的心态,十几岁的小姑娘骑自行车会很青春,女人过了 30 岁还骑自行车不管是身姿还是心理都会显得落魄和难堪。

她一开始确实是每天步行去上课,走了三天,回来微撇着嘴给我展览脚跟在高跟鞋里磨出的泡。

我做心疼状,皱着眉帮她消炎贴邦迪,建议她穿运动鞋。

她苦笑着剜了我一眼:"那怎么配衣服啊,总不能每天打扮得像个体育教师去上音乐课吧。"

后来改坐了几天黄包车和中巴,黄包车不密封,而县城的街道晴天时灰尘总是很大,特别是有汽车经过时,掀起的灰尘会把你瞬间淹没。谌琪最在乎的就是卫生,一回到家就洗头,用浴巾掸身上的尘土,感叹中国小镇和欧洲小镇的巨大差距,在欧洲的许多小城镇,在街上走一天回来都不用擦皮鞋。中巴她试了一次就没坐了,一是嫌它太不准点,沿途随时上客下客,更主要的是受不了它的脏,每个座垫上都有油垢和来历不明的污渍,每次挂一挡起步时,车内震荡起的灰尘比车外还大。

没有选择,第二个星期她就开车去学校了。

劳累和灰尘的问题解决了,新的问题又出现。谌琪的车一进校园的门,就成了全校师生瞩目和议论的焦点。实验学校校长的车才是一辆普桑,谌琪的派头看上去比校长还大。

校长本人倒没特别不适的反应,自嘲一下就从这样的反差里超脱出来了,或许还有点为拥有这种下属感到自豪的意思。无法超脱的是更多的旁观者,他们无法理解,一个开着本田车的音乐学院毕业的美女高材生为什么要到这个小学校来教书,学校开出的工资虽然对她很优惠,估计也只够对付养车的费用。小城无隐私,他们自然能很快打听到谌琪和我的关系,但是小城人是无法相信爱情的力量足以使这样一个女人放弃优渥的物质生活的。谌琪的外表和穿着让他们觉得,她不是能主动做出这种决断和牺牲的人。那么,她这样选择背后的难言之隐是什么?谌琪在学校遭遇了比我在报社大许多倍的猜疑和舆论压力。原因很简单,她是个漂亮女人,而且是个籍贯不详、生活习性和本地人格格不入的外地来的女人。她能给人带来的猜疑空间和兴趣都比我要大许多。

谌琪并不是那种惮于人言而轻易改变自己行为的人,对于大家的心理活动和过于热情的注目礼她只有讨厌并不害怕。其实就是连讨厌也并不是很强烈。像在 LT 时一样,她并不怎么关心他人对自己的看法,也可以说,她眼里并没有和自己无关的任何人。

真正让她失望的是上课。

当然,她绝对没有幼稚到把音乐课想象成《音乐之声》剧情的地步,她到学校上课的主要目的是给自己找点事做,并没有抱太多幻想。但是失望的情绪还是顽强地冒了出来。

上低年级的课时,学生们对她是非常欢迎和热情的,但学校并不重视低年级的音乐课,教室里没有钢琴,也没有正规的音乐课本,另一个音乐老师上课就是随便教学生唱些流行歌曲。她不愿意这样,觉得这样既对不起学生也对不起自己。她希望能正规点,给学生真正的音乐启蒙。

谌琪去校长办公室跟校长提建议,她说得很直白:"音乐并不仅仅是唱歌,尤其不只是流行歌曲……"

校长是师专政教系毕业的,对谌琪的音乐观并无兴趣,一边频频颔首,一边劝谌琪今后把主要精力放在高中的特长生身上。学校倒是给这些特长生配了台多年没调律的旧钢琴。不过上过一堂课后谌琪就发现,这些所谓的特长生,大多都是文化成绩不行、把文艺当救命稻草的差生,他们既不爱音乐,也没有多少学音乐的天分。

找校长交涉的唯一结果是,那个并不会弹钢琴只会哼几句《女人花》的女音乐老师对谌琪的意见愈来愈大,以致她总是故意在谌琪听得见的距离和同事说:"真有本事的人怎么会来这样的小地方教书呢。"

谌琪充耳不闻,见着她还大度地颔首一笑。

让谌琪真正感到悲哀的是,县城里的中学校长、教师和学生对音乐课的理解同她有天壤之别,他们并不需要真正的音乐。在这点上,他们表现出的功利性和企业人没有两样。

虽然只是玩票,这样的音乐教师谌琪还是不愿意做下去了。领第一个月薪水时,她的失重感也肯定比我要大许多倍。

回家后她笑着对我扬扬那张工资折子："这是我这辈子拿过的最低月薪,得珍藏起来。"

她用那1500元工资买了台CD、磁带两用机和大量钢琴曲磁带和碟片,连同辞职报告一起交给了校长。

"这些东西算是我留给孩子们的礼物吧,音乐课上可以放给他们听听,听不懂没关系的,但听过和从没听过是不一样的。"

她的态度如此平和真诚,害得校长连连表示惭愧,又不好强留。实验学校比公办学校更重视成本核算,他不可能为了给学生做艺术启蒙而增加实物和师资成本。

谌琪的想法是,先赋闲在家炒炒股做做饭,等时机成熟了就办个钢琴培训中心,既可以赚点钱,也可以为普及音乐做点实事。

我觉得先这样也行。

71

谌琪的工作中途夭折,乡下的房子进展也不顺利。刚把地基和地脚梁打好,就遇上了梅雨,一下就是大半个月,施工人员的家都在县城,在乡下临时租住在村民家里,整天打牌喝酒也无聊,看看天晴无望就先撤回了城里,只留一个人在那里看守水泥和钢筋,结果没几天就被偷了上万元的东西。这个损失本来应由建筑公司负责,但这个所谓的公司又是朋友的亲戚的,所以损失还是由我们自己承担了。

工期延误，材料被盗，这让我们的心情难免要和天气一起灰暗。

事后村里的熟人北林透风，材料就是同村几个人偷的，只是找不到确凿的证据。偷东西的人还说，连轿车都买得起的人肯定有钱，不然也不会钱没地方烧到乡下来多造幢屋，拿点钢筋去算不了什么，就算是劫富济贫吧。

在村里看地时北林就跟我说过，过去大家都穷时人心还都善，现在富裕了些，农村反倒民风不古了，特别是年轻人，只认钱不认感情，为了钱亲兄弟反目成仇的多的是。只要能搞到钱，偷鸡摸狗和坑蒙拐骗都成了本事。

没想到真是这样。

谌琪由这起盗窃案担心起以后在乡下的安全问题，她说："你们乡下治安是不是很成问题？在这样的地方，想过安生日子恐怕也不容易。"

这件事也挺出乎我的意料，但我的担心并不像谌琪那么严重。我毕竟在祥环待过好几年，村里的大人也大多都认识我，而且，村主任还是我舅妈的亲弟弟。如果真要住过去，只要做人低调些，是不会有太大的麻烦的。

虽然如此，我们还是临时对施工设计做了些修改，增高了围墙，加强了门窗的防盗功能。

谌琪还是不放心，补上一条："住过来后，我们养条德国牧羊犬吧。"

72

辞职后那半个月她一点儿也没有闲下来。

好像比上班还忙些,每天开车或步行出去转悠,有时回来得比我还晚,饭都顾不上做。我问她忙什么,她也不多说,只说是熟悉考察县城环境,对以后的日子做点规划。后来还把我的户口本身份证拿了过去。我以为她是到银行办理什么储蓄手续了。

20多天后她领着我去步行街。才短短几个月,步行街就兴旺热闹起来了,除了个别店面尚在待字闺中,其他所有的店铺都红红火火营业了,不少是品牌时装店。路过一家米奇儿童服装店时她表情平淡地告诉我:"这个店是我们的。"

店老板分明是一个30多岁的本地妇女,正在给一对母女拿衣服试穿。

见我纳闷,谌琪从包里拿出一本房屋所有权证,上面的门牌号和店面完全一致。面积15平方米,户主的名字却是我和谌琪,我的名字写在她前面。

这就是她忙碌了半个多月的成果。

她花了20多万元把这个店面买下来,然后租给了这个本地妇女做服装店,每年租金两万五。

"按照县城的房地产发展势头,我可以肯定,要不了两年,我们的店面市值会翻一倍。租金也会涨上去。我以后什么都不干也能挣出我们的基本生活费了。"她说这些时,语气尽量平淡,还是难免有给人惊喜时的自得和快乐。

我并没有表现出应有的惊喜,因为钱不是我出的而第一户主却赫然写着我的名字。我也很不习惯一个整天睡在身边的女人不经通气就擅自决定实施一些重大事项。

但她给我惊喜的美好愿望使得我又不好意思马上表达出这种不习惯。

趁边上人不注意,我轻吻她的脸:"没想到你还真会过日子呢。"

晚上睡觉时,心里还是有种微微的闷堵感,翻来覆去地睡不着。她察觉了,睡眼惺忪地问我怎么啦。

我先吻她,然后捧着她的脸庞:"以后做什么大事先和我商量,行吗?"

她闭着眼睛微笑:"行。"

"我是认真的。"我强调。

她坐起来,打开眼睛:"有些要商量的,有些最好不商量。"

"什么事最好不商量?"

"对我们彼此都有利无害的事,比如今天的事。"她语气果断,说完躺下去继续睡觉。

隔着肩头也看不清她的表情,我没再说什么,在黑暗中适应了很久才睡着。

73

此后的日子,我继续上班,她变得无比悠闲,上网炒股买基金,在淘宝网上买品牌服装、化妆品和各种必需或不必需的东西,大到新式车载音响、数码摄像机、皮箱、皮包,小至睫毛钳、指甲钳、发饰、耳饰等,她似乎在用网络这个工具保持着和都市消费方式的勾连。对于县城所提供的消费品她没有多大的消费欲望。

谌琪一眼就能看出来,街上的许多品牌服装店和鞋店卖的都是水货,价格虽然很便宜,但质量和环保都过不了关。化妆品和许多化工原料的用品也是如此。她唯一满意的就是菜场的食品,县城蔬菜和鱼肉的绿色和健康程度远远好于大城市。现在广东一带的菜市场卖的鸡鸭鱼肉和蔬菜都是用工业化手段催生的,不仅口感差,对人体有害的各种激素的含量也很高。我们县城目前还没有利欲熏心到那个地步,市场上有许多野生鱼类、土鸡和用农家肥种的蔬菜。

不过她买菜做饭的热情也只持续了不到一个月,她不适应菜场的混乱拥挤气氛,一到那里就犯头晕。一个人在家洗菜择菜刷碗也没有什么乐趣。毕竟,在过去的许多年里,她没怎么做过这些事。她又恢复了在广东时的习惯,到学校门口的一家店订餐,每天电话告诉他们菜谱,到了钟点就送过来。只在周末和我一起做饭煲汤,算是加餐。

我对穿衣原本没那么多讲究，平常的衣服通常一身加起来也不超过三四百块钱，听她讲多了劣质服装对人的皮肤和神经的毒害后，也变得过敏起来。不敢随便去街上买那些低价位的普通服装，衣服、鞋子都由她上网订购。

街上的美容店她嫌档次低从不进去，要洗头护肤基本上是去景德镇。

她其实并不喜欢景德镇，我们第一次去那里玩时，她就批评这座城市的市容和市民的穿着对不起"瓷都"的称号："街道和人都没精神，真的像个镇不像城市，难怪佛山要和它抢'中国瓷都'的称号。"

不过景德镇是离饶州最近的城市，大概只有一个半小时的车程。艺术瓷器也还是世界闻名，商业化程度和物质消费水准比县城还是高了许多。

谌琪在景德镇最好的美容院办了张金卡，每半个月去做一次皮肤的全面护理，另外，去市区唯一一家保龄球馆打两个小时球。

谌琪在广东时的主要健身方式是打保龄球，坚持了很多年。初来饶州时杂事缠身，不打球没有太大感觉，一闲下来就不行了，先是肢体不适，紧跟着心里也慌得很。饶州别说保龄球馆，连块标准的羽毛球场地都没有。县中的师生、家属盛行早上去学校的煤渣田径场跑步，或者到露天篮球场抢球投篮，我不可能要求谌琪也加入其中。

幸好在网上查到景德镇有一处球馆。

那家保龄球馆是外商投资的，相对于当地人的收入，消费还是偏高。谌琪在那里试了几局,虽然对球道的平整程度不甚满意,但全市仅此一家,还是决定办张长期消费卡。老板很高兴,却不敢答应,问:"你们是在这边休假还是做工程啊?"谌琪笑笑,没理他。我说:"广东那边的球馆都是办年卡,省得每次都要付现金。"老板这才说:"说实话,球馆我也是从人家手里接下来的,生意一直很淡,费用又很高,我自己都不清楚球馆会支撑多久,要不这样吧,你们先办个半年卡,按年卡打折,我只要不关张你们随时可以过来。"

这样,做护理、打球成了我们每半个月就要去景德镇完成的一次消费流程。

我当然不做护理,打保龄球却也能找到一种感觉,认为自己没有完全被时尚抛弃,很久没打过心理上也会有点记挂的。

保龄球对谌琪而言意义远非如此,她一站到球道边,立刻就会恢复到在广东时的状态,自信、骄傲、漠视一切。她的球艺经过多年的磨炼,确实从体育上升到了艺术的高度,不仅得分高,而且动作流畅轻盈,观赏性很强。她打球时,这个小球馆里的其他人几乎都会假装休息停下来欣赏她出球。

那样的时刻我会内心感喟:她其实是属于都市而不适合小城生活的。

74

有天半夜,门铃骤响,起初以为是对门的李老师打麻将夜归按自家门铃。

无奈它凌厉的惨叫彻底撕碎了我的睡眠。我懵懂着踏着拖鞋开灯，到猫眼那边张望，是隔壁单元教体育的王老师扭曲放大的脸。

他和我父母熟，同我没有直接交往，平常遇上彼此也只是打个招呼而已，我心想他按错门铃了吧。

开门才知，找的正是我。他岳母今天从乡下来看外孙，老婆买了烤鸭、猪头肉逼着老人家多吃，结果老人家习惯了清汤寡水的肠胃消受不起，睡觉后突然腹痛，忍不住才叫醒闺女讨药吃。

"家里哪有什么特效药啊，只有去医院，半夜又叫不到黄包车，叫医院的救护车费用又太高，也怕小题大做吓坏了老人家……"

他把话头赶到我嘴边了，我也就没理由装糊涂了："你等下，我去叫我女朋友开车。"

"你不会开车啊？"他因为意外而显得很不好意思。

"平常都是她开，没事，你们把人扶到楼下，我们马上下来。"

我是很重视私人空间的清静的人，过去在这边住那么多年，都没有这样被搅扰过，但是这种情况不帮忙心里也是不安的。

告诉谌琪，她没有多问就穿衣服随我下楼了。

医院的诊断是急性肠炎，吊了两瓶水，止痛后开了些药就让病人回家了。回来时虽没麻烦我们，只是我们到家重新入睡时，已是凌晨2点多钟。

知道病情不重后谌琪问我："这边人过去晚上怎么去医院看病？"

这个我还真没怎么注意过："骑自行车去街上找黄包车来接，

要不就是靠人力背和抬吧,反正医院不是太远。"

"那怎么可以这样随便打扰他人的生活,又不是多危急的情况。"她有点不高兴了。

类似的事还发生过几次,和我们稍熟悉的师母见她开车出门,说正好也要上街,就顺势搭车了。在乡下也遇上过,有老辈人知道我们要回城,就带着孙儿孙女大包小包地要搭车。

这让我们两个都很困扰,并不是不愿帮忙,车上有外人后,音乐也不好大声放了,情话也不便随意说了。他们夸:"这部车真排场!"你得领情地点点头。他们问:"这部车要几多钱?"你得认真地回答,说少了人家还不高兴。人家夸谌琪车开得好,我们还得谦虚一下,谌琪不愿谦虚我还得替她谦虚。总之,一路上,他们总会找各种话题和你说,似乎一冷场,他们就觉得不好意思了,搭了车还没陪好你说话。

我们平日开车出门时,发现某处景致会临时停车下来看看,拍照片,或者站在那里吹吹风。车上搭了人以后,就不便如此了,尽管他们说不急不急,有人在旁边看着我们连手都不好意思拉了,哪还有心情看风景。赶紧把人送到再回头去找想看的东西。

谌琪怪我熟人太多,怪我不懂婉言谢绝。

我心里则怪她不该保留这辆车。在广东它只会带来方便,在这边它也会带来不便。

饶州也没有广本的4S店,被划伤、做保养都要去景德镇或九江,两年一次的年检还要去广州。

保险不算,平常光汽油费和保养费一项,都要花费差不多

1000元,快赶上我一个月工资了,长此以往拖累不小。

在县城,大家骑摩托、电动车、自行车一样过得很好。

车毕竟是谌琪的,我耐心地同她摆事实、讲道理,小心翼翼地劝谏:"我们能不能过一种更环保的生活,尽量不开车了。"

以为会碰钉子,至少,会看到她纠结不堪的样子。没想到她心情愉快地接受了。她把长期停放在楼下的车子挪到更远处一株树冠庞大的枫杨树下,罩上防晒防尘罩,做出长期闲置的样子。

我们去乡下就改坐中巴了。

她穿着运动服,戴着旅行帽、遮阳镜,还有口罩,严防死守得像个养蜂丽人。或者说,像个微服私访体验底层生活的明星,走在前面的我则像是保镖兼经纪人。我不仅要带路、买票、找车,还得帮她背有紫罗兰花纹的LV女包。

去的时候都还顺利,除了车上的大蒜味、皮革味和灰尘让人受不了,座位也太脏让你不敢舒服地坐踏实,其他都还行。小车一小时的路程,它吭哧吭哧,连跑带上下客,两个小时也到了,只是不能直接到祥环,从集镇去那里还要步行3华里。

回来的时候,在集镇等车。在飞扬的尘土中等了近一个小时,也没有等到一辆有两个空位子的中巴。只好吃一截剥一截,先坐车到下一个集镇田畈街,然后从那里转车回县城。

谌琪无怨无悔地跟在我身后,回到家后倒是我先叫苦不迭了。一进门就跑到浴室洗了个澡,因为身上、头上、脸上全是灰尘和怪味。

这下终于轮到她教育我了:"以前每次有我开车来去不觉得方

便吧,现在尝到苦头了？"

我点头认错。想想也是的,要在县城和乡下两栖,长期坐客车来往怎么现实呢？

她笑笑:"车和别的东西不同,开惯了会成为你的另一双腿,有它时没感觉,突然失去你就会觉得怎么着都不方便。"

防尘罩没罩一个星期就被她撤了下来。

75

晚饭时,接到我爸爸打来的电话,问到我和谌琪每天的饮食起居。他从不主动给我电话,有事也是经过妈妈转述。

语气也明显不对,我本想简单地敷衍过去,没想到他的音量突然拔高到振聋发聩的程度,像炸药突然爆炸,省略了必要的起承转合:"你们哪是正经过日子的样子？自己不做饭天天下馆子,还隔三差五地去景德镇高消费。哪有那么多钱挥霍？你们都是受过高等教育的人,就算她有点钱,入乡随俗的道理都搞不懂吗？你们又不是在广东,也不怕左邻右舍说闲话。"

我被炸傻后,我妈接过话筒来打扫战场,她没有过多地责备我,认定是那个准儿媳带坏了她儿子,让我找谌琪谈谈,就算是有钱也不能这么挥霍,过日子还是得细水长流,天晴时也要防备落雨。

很显然,是有亲戚朋友或邻居在电话里告了我们的状。

出乎我的意料,那些微笑地打量着我和谌琪的目光,成分竟如此复杂,我还以为所有的注视表达的都是羡慕和祝福呢。

这个电话也引发了我和谌琪之间第一次真正有点不太愉快的谈话。

她虽然听不懂饶州方言,也大抵知道了我父母打这个电话的缘由。

她说:"他们主要是对我不满意吧。"

我心虚地否认。

"他们的观念虽然有点落伍,不过作为长辈,他们这样想也是对的,只是要我一下子达到他们的要求也不大现实,不过我会努力。"她的语气倒也还诚恳。

我顿感歉疚:"我知道,环境反差这么大,别说你,我现在回来都有些不习惯了。和广东相比,这边的生活还是简陋很多的。"

这以后,谌琪减少了去景德镇的次数,大多时间也都是在家里做饭。不过我发现,她努力做这些时,是辛苦而压抑的。同那种习惯成自然的境界还有十万八千里远。

她也不怎么喜欢县城里的社交生活。

她不打麻将,也不喜欢出去吃饭。我的那几个铁杆朋友自然很关照她的情绪,可是每个局上总有那么几只井底之蛙,当了点小官就膨胀得一塌糊涂,不仅对官场的明规则潜规则胡说八道,酒一喝多,对 LT 这种现代企业的运作模式也爱胡乱评价信口雌黄,以为它也像内地国企那样完全靠政策和关系做业务。

事后她就责怪我:"你怎么可以带我出席这种恶俗的饭局?!"

我也很气恼,又不得不解释:"都是朋友的朋友,他们约来的,我们也不好太不给面子。小地方的小官僚,都是这种德性,喝了点酒就忘记自己姓什么了,他们对你其实也没多大的恶意。这些人就这样,越是有女性在场,越喜欢讲那些乱七八糟的段子。"

"简直就是当面意淫。以后再有这样的应酬你自己去吧,我在家里随便吃点。"她的声音是轻柔的,决心却是笃定的。

刚回饶州时,老朋友们还常打电话约我出去聚会,听我讲讲外面的新闻轶事,次数多了,新闻变旧闻,诉说和倾听的激情都渐趋平淡了。

朋友们都有自己的工作和家庭, 也早已形成各自相对固定的社交圈。那种圈子一般是靠工作关系和现实利益扭结而成的,而不是基于情趣相投。大家在一起喝酒、说荤段子、打麻将、找发廊小姐按摩, 云山雾罩间就把一些该帮的忙给帮了, 不该帮的忙也给帮了。在办公室办不成的事,转换到酒桌和麻将桌上就迎刃而解了。我过去在县城时离这些圈子就是远的,现在感觉距离更远了。可是让人懊恼的是,你其实并不能蔑视这种社交,因为在县城它是最实用、最有人情味的。

相反,我同老吴、能清、汪填金、凯东之间的交往倒显得过于奢侈。在一起主要也就是怀旧和清谈,没有任何的实际意义,也就不具备稳定性和可持续性。

我们相约各自带家属周末一起去莲花山走走, 结果约了三四次也没有成行,不是这个人要陪上面来的领导,就是那个人的老婆要喝喜酒。

谌琪就有点不高兴，不同意我再约他们："这么不守信用怎么做朋友？在国外这可是社交大忌。这样的事情不可能有机会发生第二次的。说实话，我和他们的太太也玩不到一起，我不打保龄球没关系，可是你也不能指望我和她们一起打麻将、绣十字绣吧。她们谈论孩子我也插不上嘴。"

她很不喜欢朋友来家里作客，嫌人家打扰她的私人空间。如果是男客，她就关门在房间听音乐，有时连茶都懒得出来沏，弄得我挺没面子。

我批评她过头了点，她并不接受："我爱你就好了，你不能要求我爱屋及乌喜欢你的朋友吧。"

这些小分歧虽然让我渐感失落，当然还不至于影响我们的感情，因为许多感受我们其实差不太多，只不过这是我的家乡，耐受能力比她要更强些罢了。

我们把更多的精力和感情倾注到二人世界的经营上。

76

她每天待在家里很无聊，正好利用这段时间生养个孩子，平常在家也有个伴。

她侧卧在从窗口透进来的月光里低声表达想和我亲热时，身体的曲线柔滑温顺得像只搁浅的雌海豚，性感且散发出平日从未显露的母性的光泽。

我想我不可以拒绝这样一亩好地关于开花结果的愿望。

更何况,我父母在了解我和谌琪同居的现状后,也已电话催促我多次了,说不要让别人说闲话,既然我那么满意谌琪,就得尽快和她结婚生孩子。

我在心里决定,一旦怀孕,房子没造好也要先打结婚证结婚。

从这一天起,我们的身体在夜晚开始了无障碍奔跑。因为有了某种心理暗示,跑得也比过去更频繁、更无忌、更有情绪。

她甚至会主动暗示我下雨天开车去野外。我知道这并不只是出于对极致快感境界的追求,这段时间她看了许多这方面的资料。这些真真假假的资料说:最有激情时,人的精子和卵子的活力会达到最高值。她甚至还相信一种古代方士的说法,认为在野外完成的受孕会汲取天地万物的精华,胎儿会特别健康聪明。

她希望通过这样的方式弥补自己作为高龄产妇的一些劣势。

她在这方面的在意,使得我们的精神除了那幢因为天气原因长长停停的房子,多了项新的寄托。

梅雨季一过,太阳的热力变得持久而坚挺。乡野的颜色也由粉红(桃花)、金黄(油菜)、莹白(梨和杏)、绛紫(紫云英)等五色纷呈的局面归于相对单一的绿色,然后,由嫩绿向碧绿向深绿一层层地加深。

野雀和布谷鸟的叫声也越来越醉人,像神的口哨一样回环往复地盘旋在高空和低空。院子前面的水库里,青蛙的鼓噪即便在白天也大胆嘹亮。空中和水洼里的噪音,缥缈而水灵,吵得人心里特别安静。

院墙已全部砌好，房子也快速地长高，第一层封顶后，已经初具轮廓。我和谌琪种在院子里的几十株向日葵也长势窈窕，微风从头顶跑过，叶片噼里啪啦，像是一群小孩在鼓掌。

我们不时地往乡下跑，欣喜地观看房子和田野日新月异的变化。时间充裕时，还去远处爬爬山，采一些野花带回城里来装点书房。

77

我在单位的境况，和田野的走势相反。

县里正科级干部大换岗，干了大半辈子新闻的封总厌烦了纸上谈兵，调到卫生局当局长去了。卫生局摊子大、实力雄厚，能把握住这样的机会实属幸运。接替他的总编职务的是原招商局金局长。

在全县的工作重心都转向招商引资后，招商局是个容易出政绩引起县领导注意的岗位。金局长只干了两年就被一美女副局长挤到相对边缘油水也较少的报社来，多少有发配的意思。不过他才40多岁，并不甘心就此失势。金局变成金总后，对报纸的新闻业务并不感兴趣，兴趣点仍在招商引资上，颇有哪里跌倒哪里爬起来的意味。

他摸熟报社员工的情况后，目光一下就锁定了我。

先是绕来绕去地问我在LT的职务以及回来的原因。我照实说了，可能解答类似疑问的次数太多导致了舌头和脸部肌肉的倦怠，我回答得简单而平静，大有你爱信不信的架势。这使得我的讲述听上去像是心虚的谎言，这从他费力地转动思考着的眼球可以看得出。不过他并不在乎讲述的真伪，至少，他在努力给我不在乎的印象。

他的胖脸宽厚地笑着。

"回来同样可以创业嘛，现在的饶州不比过去，只要你有本事，同样能赚到钱。"他一点也不替我感到惋惜。在这点上他和所有人都不同。

第一次谈话就这样结束。

我总觉得他有话没说完。

一个星期后，他又叫我到办公室闲聊。先是漫无边际谈文化产业化的问题，从新闻联播上的相关政策谈到县里的经济形势和官场潜规则。

"我算是看清楚了，这年头，腰包不鼓，腰板就不硬。一个县级小报社，如果只靠财政拨款和一点发行费、广告费，日子顶多也就是喝稀饭的水平，真要把大家的日子过好，一定要办企业。"他接下来谈他的规划。吸引外资，把报社下辖的亏损经营的小印刷厂救活，引进最先进的设备和技术，扩大业务范围，然后垄断饶州及周边县市的大型印刷业务。

这个点子并非他的首创，封总在位时也动过这脑筋。无奈印刷厂管理水平太低，加上没钱革新技术扩大生产规模，除了给本社印点报纸，根本没有其他业务，设备老化了也没钱更新。

他一说吸引外资我就预感到了下面的内容。

他果然说了出来："你在 LT 做到了总监的位置,一定有很多关系。他们每年都有一两百个亿的产值,拔半根毛下来扶持一下我们,印刷厂就可以振兴。现在很多企业都在扶助文化事业,如果合作成功,对 LT 也是件有社会效益的好事。"

内地小官僚对现代私营企业的误解我早就见怪不怪。比方说他们以为每个企业都像内地小国企那样腐败,以为无商不奸适用于每个现代企业人,以为每个企业家都愿意为了个人虚荣到处烧钱搞赞助。他们根本不了解,真正能做大做强的企业靠的就是诚信、务实和科学的成本管理。LT 这样的企业,除了慈善捐款外,绝对不可能做任何只付出而不能双赢的投资,哪怕金额再低。

他的异想天开超出了我对这种误解的估计程度。

我把 LT 的管理风格告诉他。他以为我在推脱,耐心做工作:"再严格的制度也是人制定的,是人就有人情,你在总裁身边服务了一年,不说赞助,拉一两百万投资过来肯定不在话下。如果引资成功,对你个人将奖励百分之十的回扣。"

他以为在总裁办工作就是总裁身边的人,并不知道一年中我连总裁的面都没见过几次。

他的无知和执著让我有口难辩,越辩越像是在故意不给他面子。

结果自然是不欢而散。

78

我以为马上会有小鞋伺候。

我过去不认识金总，但是对他的个性和为人已有耳闻：自负、爱面子、贪婪外加闷骚型好色，典型的政府小官僚性格。毕竟，封总那样坦荡大度的领导并不多见。

此后他在走廊里见着我，依旧满面春风。每周的评报会上，还不时地表扬我的副刊栏目设置有创新，稿子选得有品位，可以和市里甚至省里的大报副刊媲美，说见过大世面就是不一样，号召大家多向我学习。

有一次他甚至捧着新出的报纸边表扬我的编稿手记写得好，边让我去他办公室坐。这次不再谈引资兴厂的事，而是分析我的素质和今后的发展方向。在他看来，我文笔好，又在大企业做过，是既懂编务也懂经营的复合型人才，做一个编辑太浪费。然后暗示我报社还有一个副总编的职数。我当即表示我只想有时间写点东西画点画，做点自己想做的事。对前途没过于远大的想法，自己的性格也不适合当领导。他以为我是谦虚，假装善意地批评我："你刚30岁就这样消极不好，你看我40多了还做了两个5年计划呢。我不可能在这里做到老，报社迟早还不是你们的?！"

他说今天是他生日，老婆给他做了几个好菜，让我晚上去陪他喝几盅。

按我们当地的话说,他这是在向我"发轮子"。第一个轮子我可以不接,我确实没有当副总编的野心,这个方向和我的人生设计毫无相似之处。如果有这样的进取心当初就不会离开饶州,到了LT后也不会随便回来。第二个轮子我也不大愿意接,却不好不接。毕竟,我还要在报社待下去,他能不计较上次拒绝他的事,去他家里送点礼也没什么。在县城,下属逢年过节给上司送点礼已普遍得像是风俗。检察院办案时,上司收受下属的烟酒根本算不上受贿。

我给他买了两条中华和一瓶53度的陈年茅台。这份礼,对于我们县城的消费水平来说,算是很重的人情了。

他瞥见了塑料袋里的东西,边给我倒酒边埋怨我太客气了。

话题仍是旧话题,只是被酒精和家里的私密氛围挑得更明朗了。他红肿着眼泡告诉我,报社不是他的理想,迟早要离开的,希望我能尽快往上走,先争取在两三年内搞个副总编,以后再想办法接他的总编。这个话题让我坐立不安,幸好他老婆不时从厨房端菜过来插句话打个岔。

"听说你在步行街买了个店面。"她边抹桌面溅落的菜汁边问。

我点头承认,下意识地补了一句:"是我女朋友买的。"

她呵呵呵地笑:"那还不都一样。"

金总作出闻听此言才眼前一亮的样子:"是该有商业眼光,不光是经商要有商业眼光,当官和过日子也要有商业眼光,没有经济实力什么都免谈,再有才也要被人挤掉。"他看着老婆走往厨房的背影,低声对我说:"我有个想法,她都不知道。到东莞去开个旅社,那里流动人口多,开起来稳赚。"

到深圳、东莞、虎门等地开旅社已经成我们县科级干部们的时尚第二职业，既可以洗钱，又可以让钱生出更多的钱。我一回饶州就听说了此类信息。

"这是个好门道。"我说。

他拧紧眉叹口气："你知道我这个人，点子多，心肠软，当官太廉洁。师范毕业以来一直在政府机关工作，没存下多少钱，东借西借，才凑了10来万，要盘下一个旅社，最少也要20万……"

他故意停下来，用沉默暗示出更丰富的语义。

我感到导火索嘶嘶响着向我燃烧逼近，凭着本能我选择了以沉默应对沉默的态度。

他等不到主动回应，干脆把纸捅破："你上次提到一个词——双赢，我非常欣赏。我突然想到一个思路，我们合股办个旅社，每人投10万。我舅子刚好没工作，让他去经营。他拿工资，我们什么事也不管，按月分红就是。"

他说得明了而笃定，没有任何含糊有疑问的地方。说实话，有一个瞬间我是有点动心的。我虽然对理财没兴趣，但要在县城生活，每个月1000块钱不到的工资只能糊口，我马上还要结婚生孩子。

但我手里并没有10万块钱，我在LT攒的近10万块钱装修房子、添置家具和家电后，已所剩不多，即便要投10万也要跟谌琪商量。我还有一个直觉，事情没他说的那么简单，如果天上掉馅饼，他为什么要拉我一起去捡呢？我不相信这个当了10多年科级干部的官僚会真拿不出20万块钱。

我说这事得回去和女朋友商量,因为我没那么多钱。

我的态度是真诚的,他对这个答复还算满意。

79

谌琪的第一反应是不同意。

她的判断和我的直觉类似。她比我考虑得更细:跟机关里的上司发生经济瓜葛,吃亏的一定是下属。这样的合股和正规的股份制企业不同,你无从监督它的经营和盈利情况。按照盈利多少分红只是理论上的说法,无法落到实处。

谌琪让我找老吴、能清等人咨询调查其他人合办旅社的情况,果然验证了她的分析。就目前的情况看,合开的旅社基本都是赚钱的,但大部分入股者却始终拿不到分红。牵头的人每个月都会报个盈利的账目来,同时又报来添置设施、扩大规模的账目,总账仍旧是亏。这时牵头者就劝入股者别鼠目寸光,等规模稳定了再分红,把分红的事无限期拖延下去。结果真正赚到钱的,还是个别牵头者。

谌琪获悉这些情况后,反倒决定要投这 10 万。

她冷冷一笑:"你们那个金总,其实是在向你变相索贿。他认定了我们拿得出 10 万才向你开口。所谓合股的高明之处就在于,既向你要了钱,又免除了受贿的法律责任。以后真赚了大钱,再象征性地给你分点红,或者把本金退还给你,你到时还得感谢他。"

"既然这样为什么还要投钱跟他合作？"

"这件事和上次那件不同，他一旦出口就没有退路。你若不合作就表明你看透了他的心思，你以后在报社还能待得消停吗？看他的架势一辈子也就窝在报社了。你花10万买个一世平安也不算太亏。他拿了这么多钱就不敢亏待你，你在报社就会更自由了。正好安心过我们自己的小日子。"

谌琪在算经济账和看人方面还是比我老道许多。但用10万块钱去买其他同事不花钱就能得到的平安，这不是我能忍受的事。再说买店面、造房子后，谌琪手里可用的钱也不多了。

我不同意她的决定。

她让我别担心钱的问题。钱不够她可以割肉卖些股票，而且碧桂园那套房子至少也能卖个八九十万。

她越这样计算，我越是下定了决心。

我怎么可以让她贱卖股票或房子去帮我换自由？

第二天上班就跟金总说了，我们正在做房子，实在拿不出10万块钱。

他微笑着张着嘴，以为自己听错了，确认了我的意思后，也不好多说什么，嘴巴无力地合拢，眼帘像夜幕一样沉甸甸地覆盖在红肿的眼球上。

80

我正在办公桌上研究新买的《博尔赫斯诗文选》，感到有人在歪着头打探注视我。

我抬头，是个扎马尾巴、穿白色连衣裙的小女生，看上去顶多20岁，个子也不高，像抱书那样双手交叠在胸前抱着一个纸盒子，一看就是走出校门不久的样子。

"您是张蒙老师吧？"

我点头答应。

她扫了和我同办公室的两个同事一眼，轻声问我："有人托我给您带样东西，能不能单独谈一下？"

我瞄了瞄同事因偷窥而兴奋的脸，把她带到阅览室。

她把胸前的纸盒子双手捧着交给我："我大表姐让我把这个带给你。"她说出表姐的名字，竟然是我那个在县人民银行工作的前女朋友。

这令我颇为不安，随口问她："她现在还好吗？"我只知道她今年元旦和那个县委秘书结了婚。

"外人看上去还可以吧，不过我知道，他们经常会吵架。唉，错过您是她这辈子犯的最大的错误。"她看上去对我和她表姐的事了解得很清楚。这使我更加不自在。

好在她马上把话题扯开了，谈起对我的一些文章的看法，从我早年发表的习作到近期写的《吃水很深的城》。她说读高中时就是我粉丝了，也常听表姐谈我的情况。

我问她名字。

她咯咯咯不好意思地笑，想了许久才说出来："陈静。"

我回来编副刊后，饶州镇初中有个叫陈静的语文教师常向我投稿，文字还算干净，也有些可爱的小女生情怀，我在副刊上发过几次她的作品。

"你就是镇初中的陈静？"我反应速度不算太慢。

她更加不好意思了："谢谢张老师的扶持啊。献丑了，希望以后能有机会多向您当面请教。您忙吧，我先走了。"

她的笑容里有股初夏阳光的清亮、健康气息。

这是典型的县城清纯女生的气息，我熟悉并喜欢这样的气息。

盒子里装的东西却不是我愿意看到的东西。

一架三角钢琴模型的音乐盒。是我多年前送给女朋友的生日礼物。还有一封看得让我血液冲顶的信。

"……我还以为你会找个比我年轻纯洁的女孩，没想到她不仅比我大，比你也要大。真让我失望！更让我受不了的是，你以世故的名义舍弃了我，却找了个比我世故许多倍的老女人。不，她不止是世故，简直算得上是下贱……我有个同学的弟弟在 LT 打工，我让他帮我打听，全 LT 的人都知道，她不过是一个当了 8 年小都扶不正的二奶……

你不仅自己不要脸面，还把她带到饶州来羞辱我。不仅带到饶州来，还给她买真钢琴，每天放在家里像菩萨样地供着，饭都舍不得让她做……"

我这个女朋友原本性情不算泼辣。没想到失败的婚姻会把一个女人的嫉恨扭曲到如此可憎的地步。

我没看完就把信撕了个粉碎，心脏被刺激得突突突地狂跳不已。

我有一种不好的预感。

81

晚上和谌琪一起看电视。

无意中晃到江西卫视的"社会聚焦"的一个节目："有群众举报九江市一些官员到庐山莲花洞附近圈地做别墅成风，既滥用了国有土地，也破坏了风景区的生态环境。此事已经被中央多家媒体曝光，有关部门高度重视，正责成当地政府严肃查处，拆除滥建别墅，还风景区以清静与自然……"

这期节目是追踪报道系列的一部分，说明查处还在进一步进行。

谌琪突然想起来："那个魏俊峰不就是住在莲花洞嘛。他的房子会不会受影响？"

我愣了一下，马上回过味来，赶紧找号码本打电话给魏俊峰。拨了好几次才拨通——他正在忙着从山上往市区搬家。

魏俊峰的房子造得早，严格地说也不在风景区范畴内，但媒体的反复报道让执法部门的神经过度紧张,查处行动有点矫枉过正,把莲花洞附近的所有私房都强行拆除了,考虑到别墅的主人基本是化名的政府官员,既没有给予任何经济补偿,也没有给予任何行政处分。这样处理官员们自然满意,却苦了魏俊峰这样的平头百姓,因为房子几乎是他们的全部财产。

我在电话里叹着气,为他感到不平和遗憾。

魏俊峰倒反过来劝我:"一辈子有 5 年符合心意的日子已经很不错了。人为了理想总要付出代价,我的代价不过是一幢房子和前十几年的心血。我准备再去广东打 10 年工,10 年后再回来寻找能生欢喜心的地方。10 年确实难熬,但和木子相比,我已经很幸运了。"

他告诉我上次在他家做客的环保义工木子,在只身骑车考察云南时,不慎掉进怒江被湍流冲走,一个星期了都没有音讯,当地负责搜寻的公安人员宣布,已经无生还可能。

上"安宁生活"网,一打开主页就触目惊心地看见梭罗给木子做的网上灵堂。木子用羊一样内向无辜的目光对着每个来悼念他的人微笑,似乎,他已经完成的一生,使他感到自卑和羞涩。

悼词是梭罗从木子的日记里找到的一句话:

"不为传奇,也没有浪漫。到远方去,我只是为了找回卑微的自我。"

还有梭罗等人写的纪念文章。

其中有一熟悉他的人披露:木子即使没有死于湍流,也迟早会死于营养不良或食物中毒,去年进入中西部地区以来,他就已经没法靠打工养活自己了。那边地广人稀,很难找到打短工的机会,基本是乞讨度日。在滇北山区的半个多月,每天只能吃上一个冷馒头,其余热量靠野菜野果补充。他对那一带的植物并不熟悉,有一次采野生菌菇煮汤,被毒得连续一周面部神经麻痹,话都讲不出。

木子已经走遍了大半个中国,他原本计划从云南上四川,然后去西藏朝拜那里的雪山,之后带着这些年考察积攒的资料加入一个国际性的环保组织。

这位网友写给木子的悼词是:理想是理想主义者的墓志铭。

梭罗宣布,鉴于种种原因,取消原定 8 月在庐山莲花洞举行的网友聚会。欢迎大家有机会去榆林参观他的希望小学。他的学校刚被评为全市优秀乡村小学。他从上海带去的四种花卉和蔬菜,经过选种和杂交,也在当地成功培育出生命力更强的第二代。

82

谌琪悉心敦促,房子以最快的速度封顶了。抽水井也已打好,等伏天一过,墙面和建筑材料里的潮气透出来之后,就可以装修完工了。

封顶那天,她照旧买了长长的鞭炮去打,以图吉利。在这方面她倒是很愿意入乡随俗。

这时有关谌琪的流言蜚语渐渐多了起来。

二奶这个新名词的歧视性涵义经过县城长舌妇和长舌男的想

象与加工,变得更加丰富和丑陋,这个名词被强加到谌琪头上后,对于她的种种恶毒的传言都出现了:她曾在深圳的大酒店坐过台;她在LT给总裁当二奶并生过私生子;她的每一分钱都不是靠劳动而是靠身体赚来的;她30岁一过就被一个更年轻的二奶取代了;她之所以跑到饶州这样的小地方来生活,是看中了这地方没人认识她好一切重新开始……

她的形象被糟蹋成这样后,自然也会殃及到我。许多人似乎一下子找到了我为什么放着高薪不赚回老家来过清贫日子的答案。有人说我在工作上出了大错被炒鱿鱼;有人说我是泡了总裁的二奶被开除;更离谱的说法是,我是谌琪包的二爷,她想通过我报复总裁对她的冷落,我看中了她的钱想吃软饭,事情败露后,双双逃离广东,路上还遭到追杀……

这些荒诞可怕的传言,是我感觉到太多不正常的注视后从朋友嘴里掏出来的。出于对我的自尊心以及我和谌琪的关系的保护,他们一开始并不肯告诉我。一次醉酒之后老吴率先说了出来。老吴和能清一边说一边唾骂谣言的荒诞不经,让我不要放在心上。他们越是努力作出强烈否定的姿态,越是让我感觉到谣言的可怕。有时,从他们老婆躲闪的眼神中我分明地感受到,我的铁哥们在这件事上对我的信任也似乎并不那么铁。

他们并不完全相信这些说法,却也无法做到完全不信。

毕竟,我带着谌琪从那么好的企业回老家这件事本身就是有违正常的生存逻辑的,对于这种有悖常理的选择,人们更相信的是另有隐情而非当事人的自我表白和辩白。

很自然地就想到我的前女友，我马上写了封措辞极其严厉愤怒的短信，通过陈静转交给她，要她立刻停止对谌琪和我的无耻诽谤，否则将保留通过法律解决的权利。陈静刚把信拿走，我就意识到了此举对控制舆论没有多大用处。

流言的产生过程可以很清晰地推理出来：我把漂亮有钱的谌琪带回老家后，对我的前女友的自尊心和感情产生了很大刺激，如果她现在的婚姻很幸福，她会默默地消化这刺激。并不幸福的婚姻使她对这种刺激异常敏感和愤怒。为了在了解我和她的过去的熟人们面前挽回面子，她必须在舆论上把谌琪打倒。在了解到谌琪曾经当过康文卓的情人后，她很自然地把谌琪和社会上流传的二奶一词联系在一起。根据她的品性和虚构能力可以判定，她的创作和传播基本到此为止，她给我的信也印证了这点。

那些最恶毒的谣言，一半是以讹传讹自然放大的结果，另一半是嫉妒心催生的恶意导致的。小地方人的诸多恶习之一是，他可以宽容远处一个恶棍的发迹，却无法忍受身边的熟人一夜之间在金钱或名誉上超过自己。为了获得心理平衡以便有自信把庸常的日子过下去，他至少要在舆论上把这个打破生态平衡的熟人打倒。造谣和侮辱便是打倒的重要手段之一。

前女友想控制谣言的扩散都不可能了。

果然，她很快就打电话到报社来和我解释，她再怎么嫉恨我，也不会编造那些言过其实的话来损害我的名誉。她毕竟深爱过我，现在对我也还是爱恨交织，爱的成分还要多一点。

我没听完就把电话给挂了。

83

谌琪发现了我的突然消瘦和抑郁，问我是否是金总在单位跟我过不去。

我一开始只是敷衍着不正面回答。她问得紧了，我就脸一沉转身走开。

我骇然发现，舆论已经影响到我对谌琪的感情。

作为离真相最近的人之一，我当然并不相信那些可笑的传言，他们连主角是副总裁和总裁都没分清楚。尤其是二奶这个词，用在谌琪身上一点也不准确，她从来也没有甘愿只做康文卓的情人，也并不是靠康养活。对谌琪，康也是有真爱的，他为谌琪闹过离婚是LT的公开秘密。用"第三者"这个很土的词界定谌琪在康的婚姻里的角色才公允准确。

这些传言对我的影响，是让我重新意识到谌琪和康文卓曾有的漫长的非同一般的关系。

在LT时，这种关系是先于我和谌琪的关系存在的。那时候，我的注意力全部用于对付工作和竞争对手的挑战，谌琪的爱是支撑我度过那段艰难时光的动力源，我只注意到她的理解、关注、默默支持，还有难能可贵的身体慰藉。她和康的关系偶尔也会刺伤我，但我一出现，她就在逐渐淡出康的生活，我扮演的似乎是破坏者的角色，破坏的快感暂时掩盖了狭隘的嫉妒心。况且，在观念现代的企业人中,我的嫉妒心并没有滋长膨胀的土壤,没有谁会觉得谌琪和康文卓的关系算得上什么污点。这样的事在都市里和正常的恋爱一样普通正常。

县城里却不是这样,县城的文化和人心有许多怪圈,人们可以宽容男盗女娼,却无法忍受一场公开的婚外恋,哪怕你感情再真挚。一个女人有过几次恋爱经历并不可怕,只要没有引起舆论关注,在大家看来你就是纯洁美好的。

我承认,虽然我有着超越世俗规则的理想和努力,但就目前而言,我身上仍残留着许多小地方人的腐朽观念,在广东时它沉睡了,回到老家后,这种腐朽的东西回到适合它生长繁殖的土壤,一遇到契机,就又疯狂地生长起来了。

我想,如果谌琪从来就不认识康文卓该多好,如果她像普通女性那样,只是正常地谈过几次恋爱该多好。就像一些单纯的县城女孩,比如陈静(我很惊异会突然想到她),那样舆论就找不到我们的任何漏洞,我就可以像我的朋友们那样,带着妻子清净无扰地过自己的日子。

远在厦门的父母似乎都听到了什么。我妈跟我通电话时,不再催促我结婚生孩子了,可能是怕被谌琪听到,说话闪烁其词,大意是:结婚是很重要,但一定要看清楚人,不要上当受骗,最好多了解情况,看好了再带给她过过目。我以前谈任何女朋友,她都不会这样说。过去她只担心我骗别人,从不担心有女孩子会骗我。

我想我是有些神经错乱了,居然打电话给老曲和王铮,拐弯抹角地打听他们对谌琪的印象。老曲和我之间从不谈论男女之事,按他的择偶观,他肯定是不赞同我找谌琪这样时尚冷艳的女人的。他并不看重女性的外表,更偏爱朴实爱思考的知识女性。他当初知道我和谌琪好了之后,曾欲言又止地想劝阻我。只是知道我已经把谌琪带到老家,才没说什么。现在时间过了这么久,他更不会说什么不好的话。但要他违心地说好话也很难,他绕了半天仍是欲言又止的半句话:"关键是你自己要喜欢……"

王铮也是在我和谌琪离开LT后才知道我们的关系的,我和王铮之间虽然没有过爱情,但某种隐秘的原因还是使她无法对我的做法持有客观的态度。我回老家不久她就发短信贬损过我,说我连兔子不吃窝边草的规矩都不懂(似乎她不是窝边草),又骂我色胆包天,连副总裁的女朋友都敢泡,泡了还不算,还要带回家去养起来。"凭你在县里那点工资,你养得起她吗?!"这是她当时对我的警告和预言。

这次和她打电话,她正在自己的办公室里午休,不到一年的时间,她已由总监升为总裁办的主任助理,差不多在行使谌琪当时的权利。不知道是因为疲劳还是已经不屑于和我这个没多大出息的圈外人多交流,她已没兴趣听我绕来绕去试探她对谌琪的看法。"我早说过,她怎么过得惯你老家的那种苦日子,你养得起她一天,你养得起她一世吗?没有经济基础的爱情不会长久的。"她懒懒地诅咒着,然后说忙就把电话挂了。

她以为我和谌琪是在经济上出了问题。不过她的误解也不算太离谱,倒是提示了我对谌琪的另一种不满。

相处久了之后,我也感觉到谌琪在饶州的生活一直不在状态。

上次被我父母说过之后,她也试图调低姿态,改变多年形成的生活方式。不过当生活习惯固化为生活方式之后,想再改变是艰难的,尤其当这种改变的方向是由高向低的时候。水向低处流是舒适的,人的生活水准突然降低则会有严重的失落感。

她不可能一天到晚在家里上网,可是县城里又没有适合她去的地方,没有像样的服装店不说,连一家环境好点可以坐着发会呆的咖啡厅都没有。在LT时她基本上每个周末都会去深圳或广州逛逛,购物,找朋友喝咖啡。

时间长了她又忍不住去景德镇、九江甚至南昌逛街了,我没空陪就自己去,回来就装了满满一后备箱东西。按我父母的观点,基本都不是生活的必需品,就算是属于必需品,也都是县城里可以买到的,没必要欢天喜地从那么远的地方买来。

她确实是欢天喜地的感觉,似乎只有劳神伤财的购物才能带来情绪上的释放和愉悦。还一件一件地向我显摆讲解。

她这种消费方式,远远超出了我们的实际需要,连我这种不懂精打细算的人都看得心惊肉跳。这样的话,显然很难长期维持下去的。如果被我父母看见还不知道会怎么说。

她嫌家里的花盆器型不够端正,居然特地去景德镇的陶瓷市场挑了几个精制瓷盆来。

我说:"这些仙人球、吊兰和水仙花加起来还没你一个盆贵呢。"

她答:"盆当然要挑好的啦,盆是花的房子嘛,我给花买的只是普通公寓,又没买别墅。"

她买任何非必需品都能说出类似的道理来，听上去似乎都不错，但实际上，我们周围是没有谁可以按这些道理去过日子的。

不过我只会偶尔在语言上嘲弄她，并不好因为这些事同她发火，因为她花的每一分钱都是她自己的。

我只是常在这样的时刻想起我妈的担心：她或许并不是一个可以过平常日子的人。

84

差不多有大半个月，我在内心里折磨自己，在日常相处中折磨着谌琪。

她在钢琴上弹我最爱的那些曲子时，我不像过去那样鼓掌并亲吻她的手指了。她情绪饱满地诵读我最喜欢的唐诗《春江花月夜》和《夜雨寄北》时，我不像过去那样激动得拦腰把她抱起来，让她悬在半空气喘吁吁，把"谁家今夜扁舟子？何处相思明月楼？"这样深情的句子读出令人心里发痒的色情味。她偶尔勤劳贤淑一下亲自去买菜下厨做我爱吃的青椒炒肉和鲶鱼炖豆腐时，我也不再倚在门框上歌颂她弧线好看的背影。她开车送我到郊外的稻田边听如潮的蛙鸣时，我也是满脸木然，不再有昔日的沉醉感。

甚至，暴雨天我们在荒野上重复汲取天地之精华的性游戏时，也不再能攀登到极致的高点。有时甚至连普通的高潮感都达不到。我闻不到了从车窗外漫进来的植物的腥甜味，只闻到汗味和车厢里真皮沙发坐垫的味道。每次做这件事时,脑子里就会出现康文卓大汗淋漓趴在她身上蠕动的情景,她赤身裸体,神色淫荡而熟悉,就像在我身下一样。这样的想象像电脑桌面上的色情广告,刚删除又顽强地跳出来。它让我时而倍感无耻的刺激,粗暴草率,带有猥亵性地冒犯她的身体;时而又让我自尊受挫,想狠狠冒犯却力不从心,无法及时唤起身体的激情,以致像扩音器话筒遭遇停电一样突然冷场。

有时,我会把在家闷了一整天的她一个人扔在家里,自己出去找熟人喝酒、吃夜宵,很晚才肯回家。

朋友们心里理解我的苦闷,又都觉得我的做法过分,陪了一两次就不理我了。

于是,我就去找那些平日不怎么联系的老同学玩。实在找不到人时,就一个人骑车去野外瞎转悠。

她从来没见过我如此冷淡和压抑的一面, 却拿不准我发生如此变化的具体原因是什么。

询问了几次未果后,她便不再多问,只是淡然地弹着自己的琴看着自己的书,有时半夜起来和深圳的师姐或母亲打电话谈谈心。那时我多半睡得朦朦胧胧,她们在谈什么我什么也不知道,间或起来去卫生间时,会看见她刚刚擦拭过的脸上还残留着湿痕。

85

有天半夜,她从噩梦中惊醒,头发凌乱,抱紧我的胳膊喘粗气。

我被她吓着了,问她做什么梦。她也不多说。

"你说我怎么还不怀孕呢?"她担心地问。

我大概估算了一下,不采取措施确实有五六十天了。但怀孕是这样一种东西,当你越怕它时它就越容易粘上你,当你不害怕甚至欢迎它时,它又不愿来找你。她为这个小问题把我吵醒让我感到不悦。

她却不管我的心情,在黑暗中说:"我们还是早点结婚吧。"

如果没有发生最近的一些事,我可能会随口答应她。

我现在已没有讨她欢心的热情,更不会在这样的语境下考虑结婚的事。

"我们不是说好了吗?等房子做好了吧。"我的声音不冷不热。

这是谌琪第一次对我明确提到结婚二字。

我的回答让她的身影凝固在夜色中,一动不动。

第二天一切照旧,不过此后的平静怎么看都有点不真实的味道。

这些天她同左邻右舍那些师母交往得比平常多很多,也比较主动。我曾见她晾衣服时隔着阳台和对面的李师母热情地打招呼,这在过去是不可想象的。以前李师母邀她一起去菜场她都会借故婉拒,我没空陪时宁可独来独往;另外,她特别注意在公共场所的言谈修养,有时我在二楼阳台浇花,她在楼下想告诉我她忘了带钥匙,本来随便喊一声都能听到,她不会,一定打手机轻声告诉我。

她的自我突破还是有回报的,种种迹象表明,她已从邻居们的片言只语和神情中猜到了我近期反常的原因。

但谁也不愿点破它。在某些方面她的自尊和敏感接近于病态,我更是如此。一旦点破又没有达成对彼此的绝对信任,双方都会被逼进死角,一点余地都不会再有。

我们的关系在心照不宣的冷战中渐渐疏淡。

86

按照报社往年的惯例,每年都要出资在县城开一次副刊作者笔会,时间一般是 12 月底。莲花山乡的乡长是个老文学发烧友,在我的版面上发表了几篇小散文后,一时兴起,邀请我 8 月中旬组织几个作者去他那里采风,顺便宣传一下莲花山的旅游资源。我想把报社的副刊笔会和采风结合起来,把大家拉山里去住一夜,由对方负责食宿。报社只需负责租来回的中巴车并在版面上发表几篇描写莲花山的文章。这样的合作条件对报社算是特别优惠,既节约了资金,又能开阔作者们的视野,还加强了和乡镇的联系,对以后的发行、广告都有好处。

乡长同意了。金总却不同意。

金总的理由荒唐却冠冕堂皇："由我们租车把十几个作者拉到山沟里去,出了安全事故谁来负责?!"

他让我想起一些中小学的校长,总以安全为理由阻挠每一次春游和秋游。

他的口气强硬,加上我和他已有过两次不愉快,我没有和他争执,一言不发回到办公室,然后又一言不发提前下班回了家。

87

谌琪的车不在楼下。家里也没有人。我打开空调,躺在沙发上打她手机,想问她有没有告诉餐馆今天中午订什么菜,她的手机却在身侧的沙发靠枕下刺耳地响起。

她本不是出门容易落下手机的人。每天中午快11点时,她都要发短信问我中午吃什么。现在已经到了11点,她不仅不过问午餐,人都跑得没有影子了。

可能,冷战使她也有点心灰意冷了。

到了11点半,谌琪还没回来。我无聊至极,玩她的手机。她手机功能比我的复杂很多,能拍照还能打游戏听MP3。我不怎么会玩,不小心翻开了通话记录,区号有江苏的、深圳的还有LT镇的,看看LT镇的通话时间,一个是昨天上午打的,最新的是今天上午10点35分打来的,也就是说,她上午仓促出门可能和这个电话有关。我仔细看了号码,应当是LT的电话。

我的头有点乱了,心跳加速。

11点40多,她拎着包满头热汗到家了:"你到了,午餐我刚才路过校门时跟店里说了,他们马上就送过来。"她又恢复了在广东时的零表情状态。

"你干什么去了?"我语气生硬。

"去银行和邮局办了点事。"她没有细说的意思。

我不知如何进行下面的对话。僵持了一会,送餐的来了。

我们面对面坐在餐桌上,筷子碰触瓷碗的声响清脆、迟缓而小心。

她忽然想起什么:"我的手机!"看看我,脸色又有所松弛和希冀:"你捡到了对吧?"

我递给她,故意把 LT 的那个来电记录翻在屏幕上让她看见。

"你在查看我的通话记录?!"她以那种不相信自己眼睛的表情盯着我。

"不是有意的,想玩玩游戏,不小心看到的。你们一直有联系吗?"我问得很镇静。

"不能这样说。"她眼里果然有些许慌乱:"他这两天找我有点事。"

她的慌乱严重刺激了我:"你不是说早把别墅还给他了吗?怎么还有事!而且每次都是趁我上班不在家时有事?!是什么事让你激动得连手机都来不及带就跑出门去?难道他追到饶州来和你约会了?!"

她被我从未有过的音高震住了,愣怔了片刻,欲张口解释,我的手已将自己的碗狠狠地掼在地上，黏软的饭粒和脆硬的瓷片从地板上反弹四溅出来，粘满她的裙边和袜面，使得她精致的装束显得狼狈而滑稽。

足有十几秒钟，她骇然地直直地逼视着我，然后，颓然跌坐在靠背椅上，手捧着脸双肩剧烈地耸动起来。我第一次听见她的哭声，和她唱歌说话的音色完全不同，那压根不像是同一个发声器官发出的声响，低沉、压抑，像母豹、母狮等大型的哺乳动物受到更强大的敌人侵害时发出的低嚎。

我有些不知所措。

她再次站起来时，愤怒和正义改变立场站在了她一边。她面孔通红、泪迹纵横，与粘在脸颊上的发丝互相交错。

"没想到你会这样揣测我！没想到你会这样对我！你就是这样对待你口口声声要爱一辈子的人吗?!"她的眼睛在纷乱的头发后对我喷着火，令我不敢与之对视。

我的示弱使她语气有所软化。

"行！你不是问我出去干什么吗?我一直怕你小心眼，原本不想告诉你。我在认识你之前，和康文卓还有3个朋友，一起投资在番禺开了一个户外拓展训练中心，我是其中的股东之一。前几天有个小股东嫌中心赚钱太慢退出了，康很看好中心未来的发展，打电话让我买下那人的股份。我和他平常从没有任何联系。我今天是去寄证件办理有关手续。"她哽咽得顿了一下："我这样做也是为我们以后的日子考虑，以后我们要生孩子，要给他很好的教育，还要送他出国留学，靠你那点工资怎么可能?!"

"既然这样你为什么昨天不告诉我？"我想我可能是有点太过分了。

"我敢告诉你吗？你以为我看不出来，你这些天对我的态度不就是因为听了别人说闲话，在心里跟自己过不去吗？而且你给过我机会说吗?! 一回家就盯着电视机发呆，你现在眼睛里已经没有我了。"她的语速愈来愈和缓。

我走上前去，想抱抱她再道个歉。她使劲甩开了。

"我如果真留恋他，怎么可能会跟你到这里来过这种日子？我看透了，你其实和普通男人没什么两样。你心里根本就越不过康文卓这个坎，我即使永远不再和他有任何联系，你也会对我和他的过去耿耿于怀，直到毁掉我们以后的幸福。"

"你还没有在 LT 时一半可爱。"她无力地说，再次跌落回座椅上，然后双目茫然、一言不发。

88

这件事让我对她的态度更矛盾。有时，痛感自己太小男人太辜负她为我付出的牺牲；但出于始终未改变的对她的不可洞察和驾驭感，有时又难免陷入可怕的臆想：除了这个股份，她还有什么地方善意地隐瞒了我呢？她和康如果已彻底了断关系，康为何非但不怨恨她，有好事仍记挂着她呢？这件事如果被县城人知道，他们还会演绎出什么更难听的流言呢?这样的矛盾暗暗折磨着我。心里的纠结比吵架前更厉害。

估计她也陷入了对我的感情纯度和韧性的怀疑，她的痛苦肯定不在我之下。不过经历了一次前所未有的冲撞和发泄，我们彼此心底的暗流变得更隐蔽，都尽量不让对方察觉。

的确，一些我们过去认为牢不可破的东西，现在显得十分敏感脆弱。我们都小心翼翼，假装什么事也没有发生过。从表面上看，彼此比吵架前更愿意善待迁就对方。

她在和母亲连续通了几次电话后，她提出来想回泰州去看看她母亲。她们的对话我零星地听到一些，她母亲最近腰腿痛又犯了，继父身体也不是很好，确实需要人去照看一下。

她一点和我赌气的迹象也没有："你别多想，反正装修房子还要等下个月。我去照顾她一阵，最多 20 天就回来。"

我心里很不是味道，又没有阻拦她的理由。

89

没有谌琪的家，显得特别空洞和死寂。

我特别孤单。把全部精力转移到笔会的筹备中。

莲花山的乡长听我反馈了金总的担心，哈哈大笑起来："你告诉金总，中巴也由我们出钱来租，整个笔会不要报社一分钱，他肯定不提什么安全的事了。"

果然被他言中，金总沉吟片刻，大笔一挥在合作报告上签下了他的大名。

金总对莲花山和文学均无兴趣，笔会由分管编辑业务的副总编和我具体操办。商定与会作者名单时，在列了包括汪填金在内的一批资深作者后，我不假思索地加上了陈静的名字。

出发那天我在报社院子里忙上忙下，挨个接受作者的致意，招呼他们上车，还要带乡里来接洽的副乡长去见金总。我下楼来准备清点人数时，副总编坐在副驾驶的位置上探出头来说："人到齐了。"

我踏进车门，车子坐得很满，一车的笑脸葵花般对我绽开，我想走到最后边的四个位子的排座上去挤一下，半途有人轻声叫我："张老师，这儿有位子。"

她挪开座位边的双挎旅行背包，给我腾出一个位子。

我边坐下去边看过去，她双目含笑地望着我。

陈静是第一次开文学笔会，也是第一次去莲花山，显得特别激动。她告诉我一个秘密：今天早上她5点就醒了(暑假她一般是9点起床的)，7点多就到了报社大院门口。我7点50到报社门口时她远远地看见了，但没好意思打招呼。

她讲的秘密让我仔细打量了她一番。前两次见她，只留下清纯的印象，没有太注意她的相貌。现在坐在身边，发现她其实挺漂亮，鹅蛋脸，大眼睛，长睫毛，只是牙齿上戴着牙箍，看上去略有点俏皮。

"你牙齿挺好挺整齐，戴这个干吗？"

她被我说得不敢露出牙齿："我希望齿形再整齐些。没有最好，只有更好嘛。"她欲藏更露,一说笑把整个牙齿都露出来了。她的齿形确实不难看,而且釉质光洁耀眼。

陈静父亲是县工商局局长,母亲是镇初中的校长,她是家里唯一的孩子。这样的家境,在县城算是挺不错的。她自小到大,只在省城读中专时离开过父母。外出读书两年,父母也是每隔半个月就要开车去探望一次。这使得她的成长完全置于父母的呵护和监控之下,连早恋都没机会发生。这样的女孩,简单透明,身体里却潜伏着叛逆的基因和欲念,只要外界有了合适的诱因,就会做出让父母措手不及的事情来。

我过去谈过的女朋友,基本都是这个类型的。

她的笑让我有些感动和伤感,意识到青春的流逝。

90

莲花山在我们县的北部,直线距离也就 100 多华里,但一路上基本是盘山道,有 99 道大弯,要开 3 个多小时才能到。早就说过要带谌琪来看看,怕她路况不熟开车不安全,加上前段时间雨水多路况更糟,始终没有成行。

车子进入山区后,司机关空调让大家开窗户,山间的自然凉风比空调更清凉爽身,窗外不时有参天古树掠过,悬崖下的水库像白纱长练柔美地飘展。一车小文人沸腾起来,用尖叫和口哨夸张地表达着自己的亢奋。

陈静也是如此，不断站起来用数码相机对着窗外猛拍。

此情此景让我想起去年在 LT 时的广西之行。所不同的是，那一路，我身边坐着的人是谌琪。那一路，同车的人都不怎么关心车外的景色，对着窗外激动不已的只有我一个人。

一车人都喧闹使我更愿意按捺住心情想些遥远的人与事。

路边杉树墨绿，树阴不时呈条状扑打进车窗来，陈静的脸上，阳光与阴影飞快地交替，我无限感慨地回想起和谌琪刚认识的那些美好片段——虽然，谌琪和陈静，不管是经历、性情、身高还是年龄都有着云泥之别。

在大家都高声谈笑和抒情时，她忽然从情绪高点降落下来："张老师您是在晕车吧，我包里有我妈准备的晕车药。"

她关切地研究我，脸上是那种很细心的紧张。

我在心里暗想，她在学校照顾生病的学生时就是这副样子吧。

91

午饭吃得简单，休息半小时就开始了下午的座谈会。

先是乡长致欢迎词，介绍乡里的经济情况和自然景观；第二项由报社副总编通报笔会的筹备情况以及相关注意事项；然后是作者发言，商讨如何办好副刊和写好文章。

来的都是和报社很熟的老作者，说的也都是年年都说的套话：一是对副刊在经济时代的夹缝里坚守文学阵地表示赞扬，二是对副刊不忘老作者扶植新作者表示感谢，三是提一些貌似缺点其实仍是表扬的小建议。与以往不同的是，笔会现场从报社搬到了山里，这使得笔会油子们说这些套话时，加了些调味的风景描写，多了些离家出走的虚拟激情。笔会的高潮，从来都是要等到会议结束，开始晚宴和联欢后才逐步到来。

陈静本来是不打算发言的，按座位顺序轮到她发言时，她推辞着没有说话。以她那样的年龄和性情，说那些套话确实很为难她。最后 30 分钟，在一个中年作者抱怨文学为什么越来越不吃香后，她的情绪被调动起来，主动提出发言。

她的发言并不说那些成人化的客套话，谈的居然是从我的读者演变成我的作者的过程，谈读我许多作品时的感动，以及认识我以后对她精神状态的深远影响。她着重谈到对我从广东回内地小城的这一抉择的赞赏。

她用的就是"抉择"这个让我不堪重负、书面感和庄重感都太强的词。

"我很欣赏张老师的勇气和境界，当所有人都在全力以赴地追求财富，以至于遗忘了自己的内心；当所有人都在渴望卓越，以至于忽略了生命中点滴平凡而弥足珍贵的温情，张老师却能逆流而上，做出符合生命本质意义的抉择……

为什么我们的物质生活水平比父辈好很多，却不如他们那个时代的人单纯快乐?我们的心已经被没完没了的贪欲所绑架。我们不仅疏远了文学，也疏远了亲情友情甚至爱情……"

她确实很熟悉我的文章，而且口才非常好，一听就曾是那种经常参加演讲比赛和诗歌朗诵会的校园公众人物。只是,她把那些慷慨激昂、夸张煽情的排比句用于对我个人的颂扬,这使得我很尴尬,大家越是鼓掌我越是尴尬,这毕竟不是我的个人作品研讨会和表彰会。可我又不好意思打断她。她可能也意识到了自己的跑题和失态,激情突然哽住了,双臂枕着脸在桌上伏了一会儿,忽然起身跑出会场。两分钟后才擦拭着泪痕笑着回到座位。

"不好意思,我太激动了,我从没像今天这样激动过。"

她的失态让笔会在会议桌上就迎来了一个小高潮。

乡长很满意,带头长时间鼓掌。我则又感动又脸上发烧。晚宴时特意没坐陈静在的那桌。

酒喝得很 high。山里酿的谷酒味很醇,无任何工业添加剂,乡里的干部又会劝酒,再加上小文人们见面就爱喝点酒,今天又住在乡里不受老婆管束,一个个都敞开喉咙,喝白酒如喝白开水,当时就醉倒几个。

作为副刊编辑,我自然是众矢之的,想少喝都不行。不仅要接受大家敬酒,还要挨桌回敬。

陈静给我短信:"少喝酒,多吃菜,待会还要听你唱歌呢。"

越过汪填金的肩膀望过去,她在另一桌攒动的人头间对着我暗暗地笑。

我喝得比刚才更猛。

92

晚上本来要开联欢会，喝酒耽搁了太多时间，有些年纪大的喝高了已经提前回房间休息去了。七八个年轻一点的男女却舍不得虚度良辰。

最后尚清醒的人分成两拨活动：副总编和乡里的干部去办公室打麻将，我带着其他人到水库边的空地上开篝火晚会。

山里有的是硬柴。火旺得映红半片天，远处村里的狗高一声低一声地吠，一些睡得晚的村民也过来看热闹。这让大家的热情都比火还旺，唱歌不用点名，独唱完了唱对唱，对唱完了来合唱，唱完流行歌曲唱儿童歌曲，唱完儿童歌曲唱革命曲。笔会就是这样，很容易把人带入虚幻的集体狂欢。

陈静坐在我对面的女生方阵里，脸部被火光映得特别光洁生动。我每次瞟过去都发现她在望着我。

后劲很强的谷酒在胃里开始发作了，喷泉似的一阵高过一阵地往上涌。喉咙眼看就守不住了，我从地上爬起来往水库边奔跑，还没到水库就吐了一地。吐毕到水边洗漱时，发现陈静跟了过来。

她把餐巾纸打湿，递给我擦脸，然后半扶着我登上水库大坝往回走。

吐过就特别清醒了，远离了篝火还发现，满野都是皎洁无垠的月光，清晰地刻画出两个靠得很紧的身影。我说自己能走，她松开了我,站在对面看画似地上下打量我:"你穿 T 恤和牛仔裤真帅。"

在很远的大学时代才会有人这样夸我。和她在一起总有时光倒流之感。我笑笑躲了过去:"在企业穿了一整年的西装压抑坏了,这样穿特别舒服。"

水面上碎银雀跃,堤坝上的沙子路面也像是晶体铺的,亮闪闪地伸向对面的山里。

"我从没见过这么亮的月光!"她赞叹道,掏出一枚硬币随手一抛,然后俯身捡起,惊呼:"哇,居然看得一清二楚,估计掉根针在地上都能找回来。"

见我立在原处不动,她回过身来问我:"没有兴趣往前走走?"

我本来有点想,她提出后却提醒了我现在已不是在读大学。我和她之间隔着谌琪和 10 年时间。

"走远了他们会以为我们双双落水了。"我说着刻意笑起来。

她也浅笑:"好的。"

"你唱歌真好听,表姐说你吉他也弹得不错,下次找机会欣赏一下吧。"她想想又说。

这个我答应了。

此后一路上只有蛙声和远处篝火边的吵闹。

93

谌琪只在到泰州当天用她母亲家的电话报了个平安,此后就没有了音讯。我发短信问她近况，说是每天都要陪母亲去中医院做针灸，挺忙的。

母亲是谌琪唯一的直系亲属，在LT时她不止一次对我说，她对人生已无多少奢望，她似乎是在陪母亲活着。母亲和继父的新房子是谌琪买的，衣服和主要日用品也是她买。十余年来，她的钱和感情都主要用在母亲身上。

在日常的相处中我也分明地感觉到，母亲也是唯一能轻易触动谌琪真情的一个人。不管是在广东还是在饶州，她基本每隔两三天就要和母亲通个电话，短的时候是一两句话的问候，长的时候电话粥要煲一两个小时。她们用的是泰州方言，声音又低。有时我问她聊什么，她也不多转述，除非她们谈的是一件特别具体和也我有点关系的事。

和母亲通话时她的情绪是最最外露的，笑也笑得无忧，哭也哭得柔弱。

在我面前她还是有壳的，很少放弃保护露出软肋。

我的情绪仍被还未消退的流言抑制着，也就没有多打搅她。

陈静执意要听我弹吉他。

我的木棉吉他去广东前送给了上饶的同事。从老吴那借了吉他，和陈静去城西的古城墙上见面。说是城墙，其实只有不到10米长一段了,墙面参差残破,缀满了荒草、藤蔓和小灌木。那里不算很偏,不远处就有私人洋楼,但上城墙的斜坡太陡,去那里纳凉的人很少。10年前我常和老吴去那里,后来谈恋爱,也带过女孩去那里厮混。这个地方总让我想起黑白版的电影《小城之春》的一些场景。

据说这段城墙年底就要推倒,附近要建起一个大楼盘。所以我和陈静坐在上面弹琴唱歌时,具有了双重怀旧的意义。一是缅怀青春,二是缅怀县城即将湮没的一段有城墙的历史。

除了我们,城墙上一个人也没有,县城在远处灯火通明,喧闹声一波一波地飘来,邈远而失真。

我有一搭没一搭地弹唱着些老歌,例如《外面的世界》、《我怎么哭了》、《莫斯科郊外的晚上》、《深深的海洋》,这些都是我那个年代的女生爱听的经典流行曲目。

陈静侧压双腿坐在对面,听得特别投入。

在对文艺范畴的许多事物的看法上,她和我没有一点代沟。

我不想把气氛弄得太深情,唱完一首就要停下来调侃一下自己的年龄与此种伪浪漫行径的反差。她不理会我的幽默,不愿从感动里自拔,眼睛像晶体一样在夜色里湿润地闪光。

陈静告诉我,她从未和男性单独到过这么荒凉的地方。她还强调,父母对她从小就看得紧,读中专都不肯她谈恋爱。加上自己对同龄男生本来就很挑剔,直到现在她还没谈一次真正的恋爱。工作之后,父母的心态有所变化,不仅不阻拦,还鼓励他和适龄男生接触。

这些话让我送她回去时感到很难为情。

她对此似乎并无觉察,只是不停地追问我:"你信不信嘛?"

不过谌琪不在使我的日子变得十分无聊,下次陈静约我时,我又会带她去城墙上唱歌聊天。陈静欣赏我的一切:文字、歌声,甚至包括歪着头抽烟的样子和身上的汗臭味,并乐于把它说出来。很久了,没有人如此盲目地崇拜我。

我仿佛回到了许久以前的时光,生活里只有歌声和像歌声一样单纯的女孩。

我迷上了这样的错觉,比当年真的拥有它时更迷恋。

这样的行为多少是有点可耻的。我只是做到了,有一根底线决不去碰,即便陈静偶尔露出某种端倪,我也不让她有机会去碰那根线。

我曾对谌琪发过誓,从她来到饶州那一天起我就丧失了一种资格:我永远无权主动对她说分手。

95

在夏天还剩个尾巴时,谌琪终于开车回来了。那时我正歪在沙发上昏睡,她戴着太阳镜携着室外阳光的热力和气味进门时,我以为是在做梦。

我跳起来抱住她。

思念、矛盾、愧疚、心虚等各种复杂的心情杂糅在一起,像突然开启的香槟"嘭"的一声喷溅出来。我忍不住哭了起来,我哭得很伤心很费力,像个孩子,抬起头来时大脑因缺氧而一阵阵发晕。她也没有克制住自己的眼泪,不停地拍着我后背叫宝贝。

那天晚上,我们不停地放纵身体,但仍不敢去碰那些敏感话题。

我们节省下语言,身体成了抵达彼此内心的独木桥。

此后那段时间都是如此。

我饿坏了。

她也似乎比过去更热衷于身体的表达,和过去更不同的是,她变得有点贪。过去她只重质量不重数量,现在她把数量看得比质量更重要。她似乎要用身体填满所有的日子。身体成了她唯一信得过的东西,甚至,可以说,身体已成了她最后的信念。

后来见她用铅笔在日历上画的许多圆圈时,我才心有所悟。

96

房子也开始紧张地装修。水电和水塔都已安装好。

按照设计,二层顶上的平台一小半做露天平台,夏天可以在上面乘凉。另一半分为两部分,一半是个尖顶小书房,另一半是个用玻璃密封的观雨房,里面摆设沙发和茶具。玻璃房和书房共一个门,从二楼经楼梯上到书房后,可以从书房的门进入玻璃房,雨天观雨,冬天可在里面晒太阳看星空。这个设计是谌琪从新加坡的一家森林咖啡屋借鉴来的。

安装玻璃房时碰到一些技术上的困难，原先准备的玻璃厚度和强度都不够，而且焊接难度很大。

老吴的表舅子请示我怎么办。

谌琪比刚动工时更性急，抢过电话几乎不假思索："你们马上去南昌进最好的玻璃，价钱不用考虑，玻璃房的工钱另外给你们结算。"

谌琪划定的时间表是，10月份必须装修完，然后空置一段时间，挥发出装修材料里的毒气。我生日那天举行进屋仪式。

她几乎放弃了去景德镇做美容和打球，只是利用上网看股票的时间往脸上贴黄瓜片，也不再弹钢琴读古诗词。每隔一两天就开车去乡下督促装修，顺便拍板解决各种临时冒出来的新问题。

像是一个马拉松运动员胜利在望时，不由自主地开始提速。

97

装修的冲刺快到达终点时，谌琪说她要到省城去一下。

我有点警觉，问她干什么，她不说。我说周末陪她一起去，她说不行，必须在周末之前去，让我安心上班，她自己开车去就行。

难道她是要去南昌和什么人约会吗？否则为何要故意避开我？我这样想时心里非常蔑视自己的多疑。我过去对别的女朋友从不这样。这是说明我太爱她，还是那些流言和上次的吵架彻底葬送了我对她的信任？她的从容和坦然让我觉得怀疑是没有道理的，但是不把事情搞清楚，我的想象力会把自己折磨得心神不定、狂躁不安。经历了上次的吵架后，我意识到让她意识到我对她的怀疑也是危险的。于是，我只有绕着弯试探。

"当天能赶回吗？"

"难说，赶不回来最多也就住一两晚吧。"她边收拾化妆盒边回答。

"那我请假陪你去吧，顺便去买些影碟回来。"

"还是算了吧。你不是说现在你们那个金总对你很挑剔吗？上班请私假不是授他以柄吗？他也不一定批准。"她似乎真的没察觉我的心思。

"我不管，他不同意也开除不了我。还是陪自己女人重要。"

听我这么一说，她苦笑了一下："你不用多想。我不过是去做个妇科检查。我们不采取措施都好几个月了，还是没有怀孕的迹象。我担心身体出了毛病。"

"做这样的检查县人民医院也可以啊，干吗辛苦跑那么远？"

"你们这个医院，上次去那里开药，发现连候诊大厅的垃圾都没人扫，他们的妇科我敢去吗？我担心器材用过后都没消毒，没病也得传染出病来。"谌琪对我们县城的医疗和其他公共服务机构都非常不满意，总拿它们和广州甚至国外比。

不过她批评得也确实有道理，现在的医院，医疗水准没怎么提高，收费却涨得离谱，唯利是图。上次我眼睛里进了粒沙子，去眼科看，大夫翻了翻眼皮就要我交钱住院观察，说是有失明的危险。我一出医院的大门，流两滴泪眼睛就自动好了。

她把事情挑明了让我不用多想,我就反倒不好不陪她去了,否则等于承认了自己的猜疑。

98

麻着头皮去看金总的冷脸。

上两次不愉快的后遗症最近慢慢显现出来了。平常见到我爱理不理,在走廊里擦肩而过我礼貌地叫他"金总"时,他眼皮都不抬用鼻尖"哼"一声就过去了。开评报会时,他也总是端起"报纸要闻"和"特别报道"不看,先挑副刊上的错。我过去被他当做优点大力表扬过的地方,现在又被当做缺点大肆批评。

他不止一次在会上说:"党报姓的是党,这些风花雪月的文章发得太多,怎么体现党性?"他把非讴歌体的节日应景文之外的一切文章都划到"风花雪月"的行列。

为了鼓励投稿积极、水平却有限的基层作者,我开设了个"文友PARTY"专栏,每期摘要刊登一些未达到发表水平诗文的精华部分,并刊登他们的通联地址,以供大家彼此联络交流。这个栏目很受读者和作者喜爱,金总过去也赞赏过这个创意,现在却突然提出:"把'文友'这个中文词和'PARTY'这个英文词组合在一起不伦不类,许多农民读者也不懂'PARTY'是什么意思。"

他对我的态度转变是逐步显现出来的。给人的感觉,是我辜负了他的栽培而不是他专门找我麻烦。我的副刊虽然编得不错,很受中学师生和一些机关职员好评,但在封总的宽容下,我上班的状态确实比其他编辑要散漫。我回县城来就是想得到自由和散漫,在这点上封总和我是有默契的。大家或许以为,金总对我不满是因为他看不惯我的散漫或恃才傲物。

真相藏在我和他两个人心里。

他果然对我的请假很反感:"群众本来就对你经常迟到早退意见不小啊,很打击他们遵守制度的积极性。现在又无故请假两天,这不是为难我吗?你在LT上班时也可以这么自由吗?!"

"我家里确实有重要的事。"

"你一定要去就这样吧,写个假条把请假理由说清楚,我批示后交办公室主任存档。你是私假,请几天假就扣几天的出勤奖。"

99

到了南昌事情也办得不顺。省妇幼保健院的服务比县医院也强不了太多。排了一个下午的队只挂到一个专家门诊的号。第二天见到所谓的专家,又发给你一大堆单子做各种化验。第三天才正式做身体检查。

刚进去时,虽然有些紧张,但谌琪的神色还挺镇定,脚步也保持着傲人的风度。遇事镇定是她的一大特点,不知是长期在股市冲浪历练出来的,还是过去经历了太多世事悲欢造就的。

一个多小时后她撩开那道白布帘出玻璃门时，似乎变了一个人，脸色惨白，脚步凌乱，手不由自主地去扶墙。我搀扶她，问出了什么事。

她不愿多说什么。

到了宾馆，她把检查结论单子递给我，然后趴在被子上不停地哗哗淌眼泪。

专家的字潦草得需要用考古精神去研究，研究半天我才猜出几个关键字："子宫内膜基底层重度损伤。"

我猜到了是什么情况，却不明就里。

她趴了足有一个小时，然后整理头发和表情坐起来平静地告诉我："子宫内膜基底层重度损伤的意思你知道吗？就是不能怀孕了。"

"怎么会这样？"我心里一凉。

"损伤是人流造成的，人流不当造成不孕的情况在中国很普遍，占不孕妇女的百分之五十。"她似乎在说和自己无关的事。

我想起在LT的那次意外："怎么一次就这样了?! "

她瞥了我一眼，说："以前也做过。你没问过，我也没必要主动跟你提这个。"她说完，起身收拾回家的东西。

心脏凉得更厉害，仿佛沉到了北极冰原下的深海，但嘴巴还在努力保持风度和她讨论开药治疗的事。

对这个话题她不怎么有兴趣了，边往外走边说："到这种程度治愈的可能性很小。再说吧，要治疗也要去广州或者上海。"

回饶州的路是去年夏天我们走过的，风景依旧而人的心境迥异,让人不禁倍感凄凉。一路上找不到可以来往两个回合以上的话题。到了后半程,两个人都失去了说话的兴趣,车内只听见车载MP3播放的莎拉布莱曼宛如天外之音的歌唱。

她的眼睛深藏在墨镜的茶褐色光泽后,我无法判断她在想什么,只是,偶尔,车子会偏离道路中间的双黄线往左飘行,很快又被她发现纠正过来。

事后的情况表明,这件事对谌琪的打击几乎是毁灭性的。

它把她变成了另一个人。

过去她心情好时还会同个别素质较高的青年女教师说说话,向她们咨询讨教买哪种洗衣粉不伤手,或其他日常生活小常识。现在她几乎足不出户,在家也比过去更不愿说话,即便我反复强调不要孩子也没关系,她也无动于衷,整天坐在电脑的 K 线图或电视前出神,也不怎么愿意继续夜晚的奔跑。最后甚至提出来和我分两个床睡觉,说是怕她失眠时会吵醒我。

她不仅把自己重新深藏到坚硬的外壳里,而且,整个身子都沉潜到深深的泥沙里。

100

这段时间,县里的房价被温州来的"炒房团"炒得比去年同期涨了百分之四十,许多居民后悔去年没买房,都说低估了县城经济发展的速度。对于我这不是坏事,谌琪买的店面市值也跟着涨了近一半。

朋友们也有一些改变。老吴因牵头查处了一桩难度极大的受贿案，被提拔为县检察院反贪局副局长，虽说级别没有上去，也算是重用。一个月后，能清通过全县公开竞聘副科级干部的考试，以笔试第一、面试第二的好成绩，于万马军中取上将首级，当上了教育局副局长。经过十余年的积累和忍耐，他们终于跻身县城的主流社会。

当了多年县府秘书的凯东，也随着县长的荣升调到上饶市政府办去了，一去就给弄了个正科级副主任，假以时日，副县级待遇只是囊中之物。

他成了我朋友中在仕途上跑得最快奔得最远的一个。

去上饶之前，许多熟悉不熟悉的人为他设宴践行。我们几个自然也要小聚话别。

凯东白皙的脸庞还浸泡在宿醉的红晕中，说话舌头都有点大，不过心情自然如沐春风，开起玩笑来也从婉约派变为豪放派。

作为多年的朋友，我亲眼目睹了他从青涩的少年被催熟成老道干练的政府官员的过程，当初我们一起缩在街头吃炒田螺喝啤酒时，对于县城的闭塞、世故他比我还愤青，现在他仍然不喜欢县城的官场生活，却多了一层身处其中的通达，什么现象可以骂，什么牢骚可以发，什么话打死也不能说吧，心里都精准的尺度。待人接物也圆通持重了不少，我们聚会时，他总是会想办法找人把我们的单给买了。

酒量也大了不少，当年刚从师专毕业时，一瓶啤酒就能把他放倒,现在一瓶白酒也未必奏效,汪填金总结:"你的酒量和职位是正比的,职位越高,酒量就越大。"

似乎还真是这样。

半斤白酒下肚后,他忍不住把我叫到卫生间:"和金总的关系你还是要协调好,他毕竟是一把手,他说你好你就什么都好,他说你不好你就什么都不行。和他弄僵了,下班回到家里心里都是堵到的,划不来……县里的干部其实都差不多,谈不上多好,也坏不到哪里去,其实最好对付的还就是这种有明显缺点的人,缺点比优点更好利用……"

这是我回饶州后他同我最推心置腹的一次谈话,我虽未必能做到言听计从,他的好意仍令我感动。

只是,一个这么好的朋友,马上就要离开了,我在饶州的寄托又少了一份。

还没有从凯东离开的伤感中恢复过来,一周之后,听说汪填金也要去广东东莞。

打电话问他,居然还是真的。

"手续还没有完全办好,本想等办好后再告诉你的。"他语调平淡,因为他不是荣升,顶多算得上平调,他要调去的长安镇行政级别其实比饶州还要低一点。

填金可以说是我在饶州唯一的文友,和别处一样,20世纪八九十年代,饶州也是出过几茬文艺青年的,只是文学热的浪潮一退,大鱼小虾们也被卷回到大海里去了。

他是遗留在沙滩上的一枚坚硬的贝壳。

也不是说现在就没有了文艺青年和文艺中老年，只是大家在谈论文艺时，你能强烈地意会到，他爱的并不是文艺本身。

汪填金长我 8 岁，可能是在 80 年代浸淫得太久了，始终没有从那个时代的唯美氛围中苏醒过来。

他是正宗警察学校毕业的，敬业心和业务能力不比任何一个同事差，只是不习惯到上司办公室早请示晚汇报，不愿意去领导家里行人情，业余又喜欢写点酸涩文字，在历届公安局长眼里都是个不务正业的人，一直把他放在政工科写材料。

他带的徒弟当了科长，他仍在写材料，他徒弟的徒弟当了他的科长，他还在写材料。

这些徒弟科长虽然不欺负他，指挥他工作时的语气稍有不周或过于周到，他都会比较敏感，心想自己老窝在原处不动，既对不起自己和老婆的厚望，其实也妨碍了单位的新陈代谢。至少，他不在的话，徒弟的科长会当得更有感觉。

其实很早之前他就想到过逃离，可是从生计考虑，待遇太差的单位老婆不肯他去，待遇比公安更好的自是进不去。

前不久去南昌参加警察学校 20 年同学聚会，他当年上铺的兄弟知道他的境遇后，力邀他到东莞去，上铺 80 年代末就去广东了，现在是东莞警界的实权人物。

上铺念当初同窗兼同床之谊，承诺："你年龄大了，职务上不好考虑，不过你只要愿意调过来，可以在我的辖区内选个最好的派出所。收入保管是你在饶州的十倍。"

他最初还犹豫，对饶州的乡土文化感情太深了，有点割舍不下，跟老婆大人汇报后，就没有退路了。

老婆问他："你在饶州前途没前途，钱也赚不到几个，还整天受窝囊气，你以为今后还会有这样的机会吗？"

他心里挣扎了很久，最终拨通了同学的电话。

一起喝茶时他面露愧色地看着我："真是难为情，你放下高薪回来，我却为了高薪出去……"

101

对我不利的变化也在悄然发生。

一个给我投过几次稿都没发表过一次的县电视台记者，在这次竞聘副科级干部的考试中考上了本单位的副科级岗位，却被某县领导的女婿挤掉了那个肥缺，被安置到报社来当副总编。

金总想发挥他关系广会拉广告的特长，让他分管广告经营。

他把被发配到报社来的怨气和过去毙稿的积怨全发泄到我头上，一有广告就临时撤换我的版面。整版撤换还好点，撤半个版时，我下班回了家还要被抓到单位来重新画版子，忙得像在 LT 当职业经理人。

在一次会议上，他甚至提出，每周发一整版文学作品不仅浪费版面，还要倒贴稿费，实在不划算，建议把副刊压缩到半个版，另半个版做固定的广告版。

金总深表赞同。

半个版怎么策划、画版都是难看的,只是我编版面的工作量也对半减了,但金总规定,我每个星期必须采写一篇新闻补上这个工作量。

采访是我最不愿做的工作,不仅扰乱心境,过了 30 岁还要像个小青年一样四处找新闻,面子上不好看,心里也觉得屈辱。

但我只有忍受。一个星期一篇新闻对我而言也不算太难。

另一个不愿看到的变化是,我的业余生活越来越单调压抑。我和谌琪到了彼此不愿多说一句话的地步。还留在鄱阳的老吴和能清,到了新岗位后,工作一天天忙起来,下班之后也不得消停,平常基本见不到人了。

我回老家后的工作和生活,完全偏离了当初的设想。

和谌琪去乡下看房子时,我们种的向日葵已经开得像凡·高的油画那样光焰灼灼。

不过它们也真的就像一幅画,我亲手制造了它,却没有走进去的欲望。

我失去了享受宁静和自然的从容心境。

102

陈静乘虚而入,或者说,陈静帮助我克服了部分空虚。

我们的交往增多起来,以一种心照不宣的私密方式。

我过去死守的那根底线依然存在, 但我们以一种奇怪的方式从线上绕了过去。她从不忌讳我谈到对谌琪的爱,还像个粉丝那样陶醉于谌琪的美貌和风度。我们在一起时,不管是弹琴还是吃饭,谈得更多的不是彼此而是不在场的谌琪。她似乎是因为喜欢我而爱屋及乌地喜欢上了谌琪。我们两个因为共同的对谌琪的爱而增进了感情,最终爱上对方。

当然,我们从来不说这个词,我没有资格提,她可能是不习惯,她把这个词看得很隆重,长这么大只对祖国和父母用过这个词。

实际上我们的行为,不仅绕过了那根线,也绕过了这个词。我们到没人处会手拉着手走路,每次从城墙上下来,我站在斜坡下接应她,她故意失去重心惊叫着斜着身子冲到我身上,年轻女孩皮肤上特有的青草般的香气迎面扑来,我像接从车上扔下来的面粉袋一样轻轻环抱住她,闻闻她身上的草味然后放开。

她住的工商局老宿舍楼没装感应灯,夜深送她进漆黑的楼道时,她会像盲人一样攥紧我的手,快到家门口的那层,就特意在楼梯拐角停下来,用手扶住我的下巴,然后用脸轻轻碰下我的脸颊以示告别。有几次她湿漉漉的带着奶糖味道的呼吸急促地喷在我的嘴唇上,像灭蚊剂一样让我头晕,但每次我都挺住了,没有用嘴唇去迎接它。

她从不过问我和谌琪的未来规划,也不急于界定她和我之间的关系到底是什么性质。像许多不知不觉堕入爱情的少女,她很乐于享受那种非功利无目的的暧昧状态。这让我落得轻松,既不用对她做任何承诺,又不会对谌琪有太大的犯罪感。

和单纯的少女玩多了情感游戏,警惕性再高的人也会变得单纯弱智。

我不断地欺骗谌琪说和外边有应酬,今天和同事加班,明天去同学家喝喜酒。然后和陈静去城墙上约会,或者去某个偏僻的小店喝酒。谌琪从不盘问我具体是和谁,是在什么地方。我以为她真的一点不知道,回家的时间也就越来越晚。

陈静请我吃饭,席上才告诉我今天是她生日。她想给我惊喜,也不想让我破费。

给人惊喜是小女生最爱玩的把戏。和谌琪打了太久的太极之后,我病态地喜欢上了陈静身上的小女生气质。

我听从陈静很形式主义的固执,吃饭由她埋单。席间不停地喝酒,不是用杯子喝,是端着三两三容量的四特酒一瓶一瓶地灌,然后,到歌厅开了个包厢请她唱歌。在包厢又喝了许多啤酒。我从没在一天之内连续喝过那么多酒,而且是白酒和啤酒混着喝,我只记得刚进包厢时为陈静唱了首《你的生日》,此后就什么都不记得了。

醒来时已经是第二天早晨。我躺在自己的床上,喊谌琪,她不在。

想起昨夜的一些模糊的片段,我惊出一背冷汗,打谌琪手机。她说在菜场买菜待会就回来,语气和往日没有特别不同之处。赶紧打陈静的手机,才了解到昨晚的糟糕局面。

昨晚我共喝了两瓶半"三两三"和四瓶啤酒,比正常酒量翻了倍,因说话太多还没吃什么菜,基本是空腹喝的,到包厢唱了两首歌就坐不稳了,却不停地开酒狂灌,陈静想抢酒瓶都抢不过去,喝到第四瓶时就基本不省人事了。陈静从没见过身边人喝成这样,赶紧喊歌厅保安。保安过来踢踢我的腿,我的腿动了动,他就无所谓地对陈静说:"他没事,我们这每天都要喝倒几个,睡一阵就好了。"

陈静不放心,不停地拍打着脸叫我名字。我一点反应都没有,过了半小时仍是如此。她吓得直哭,怕我就这样睡过去不再醒来,正好这时谌琪打我手机想问我乡下房子的土地证放在哪里。陈静急昏了头就接了电话,说我酒精中毒昏迷了。谌琪闻讯马上赶过来,二话不说,开车把我送到医院打点滴。陈静陪到医院等医生给我插上针管才回家。

"她问过你什么没有?"我问她。

"没有,她只是问你喝了多少酒,然后说谢谢我通知她。你现在完全好了吧,昨天吓死我了。"她仍停留在昨晚的惊恐里没完全恢复过来。

一切都已暴露无遗无从推脱了。

谌琪拎着满满的塑料袋回家时,我不敢面对她的眼睛。

她很久没去菜场买菜了。进来换好鞋,也不提昨天的事,径直去厨房忙碌,说是煎酸枣葛根汤给我醒酒。又搬出水果榨汁机榨刚买的橙子,说橙子也是醒酒的。

我忍不住,主动跟她说:"那女孩叫陈静,是我的作者,昨天是她过生日,非要请我吃饭……我们之间没真发生什么。"

她也不抬头看我,把橙汁端过来说:"那女孩挺在乎你的,长得也不错。"

我没勇气再解释什么了。

此后,再没有和陈静单独见面。每天一下班就老老实实回家,晚上也不接任何电话回任何短信。就算是老吴约我出去吃饭都不敢出门。这样做或许改变不了什么,但至少让我心里舒服些。

103

房子如期装修好了,红屋顶,浅咖啡色的瓷砖外墙,灰白色墙漆涂的内墙,色调简洁而明快,看上去非常柔和悦目。整幢房子建筑面积只有 300 多平方米,不用和有钱人的别墅比,即便在乡村这样的楼房也算是很小的。但结构还是很别致精巧,材料和工钱一起共花了 25 万多,差不多耗尽了谌琪的活期存款,再要办大事就得卖碧桂园的房子或股票了。

屋里的家具,由我负责出钱去买。她叮嘱我一切从简,先买急用的,非急用的以后再慢慢添置。

房子透空气的这个月,我们一起去家具城买床、玻璃屋的沙发、一米六长的核桃木餐桌等,然后领着司机一趟一趟往乡下拉。本来想买个 40 多英寸的液晶大彩电,谌琪没让,连主卧室的地毯都没让买。

她一定要按原计划赶在我生日那天搞入住仪式。

生日正好是星期一,那天下雨,乡下道路泥泞,也就没有通知任何朋友,我自己也只请到两天假。我们打了一挂鞭炮就匆匆进屋了。因为下大雨,也没有引起村民的注意。

我在村里唯一的朋友北林两个月前也到漳州的建筑工地去打

工了。他说再不出去，就会被老人骂成懒汉。

走进这幢凝聚并延续了我们两年梦想的乡间小屋时，忽然发现它的精神象征意义远大于实际功用，它远离县城，又孤立于村庄之外的荒野上，室内没有一点现世的烟火气息，就像为拍电影临时搭建的道具房。

从眼下我在单位的处境看，我基本没多少时间来这里享受内宇宙和外宇宙的和谐共振了。

屋内空空，我心里也空空。

谌琪的状态看上去比我好很多，至少，近几个月来从未这样好过。她从未像今天这样热衷于家务。上午忙着打扫卫生布置卧室，中午只吃了几个带来的面包，下午从三点就开始准备晚餐。她穿戴着去年从广州带来的围裙和厨师帽，在新厨房愉快地忙碌。她这天为我做的菜，我迄今仍记得很清楚：糖醋排骨、青椒炒肉、鲶鱼煮豆腐、油炸花生米、菌菇汤。都是很普通的菜，却都是我的最爱。我昨天原本准备了一瓶价格不菲的红酒，但谌琪认为国产葡萄酒都很假，喝了对身体非但没好处还有危害，出县城的路上经过超市时买了一瓶十五年的四特酒。

在一个梦想的终点站，两个互相搀扶过两年的人，两个互相留下过锋利爪痕的人，两个不知道明天该怎么相爱的人，现在以一种仪式感很强的姿势坐在本应由很多人分享的大餐桌前，孤独地看着对方，努力制造虚假繁荣。

我们吃了一点菜，喝了一点酒，回忆了一下从 LT 通往这幢房子曲折道路，就又陷入无语了。

谌琪似乎有着一定要让我在生日这天变得快乐的信念。一反常态,不停地调整情绪,讲些最近从网上看来的段子活跃气氛:"有个男人在单行道路上开车,她太太打电话给他,提醒他注意安全,说,他那条路上有个醉汉在驾车逆行;他则回答说,不是一个人,很多人都在逆行。"

　　我努力配合,但笑得很艰难。

　　她继续说:"一只蜗牛在路上行走时被乌龟踩伤,蜗牛到交警那里去报案,交警问它肇事者是谁,蜗牛茫然地说,对方的速度太快了,我没看清楚。"

　　我终于笑了出来。

　　蛋糕是在玻璃房里吃的。

　　31根蜡烛静静燃烧时,我始终舍不得吹灭它。这31棵小小的光明树,是笼罩我们的唯一光亮。

　　烛光使人情感圣洁放弃伪装。蜡烛快要熄灭时,谌琪坐到我身边,抱着我,下巴支在我肩膀上,与我一起承受黑暗的来临。

　　后来我把卧室的被子搬到玻璃房的长沙发上。雨越下越大,越下越有气势,"砰砰砰"有力地敲打着头顶的玻璃房顶,然后亮晶晶地从两侧漫流而下。这让我们想起春天泊车在油菜地的情形。接下来,我们就在想象中把玻璃屋外的冬野变成了无边的油菜地海洋。

　　谌琪在身下抱紧我,命令我带着她狂奔,一次、两次、三次,到了顶峰歇几十分钟又继续发起冲锋,从夜幕初降跑到深夜,从深夜跑到凌晨。她从未像这个夜晚如此大声地表达奔跑的欲望,也从未像这个夜晚如此毫无顾忌地透支自己的快感和体液。似乎,她要在这个夜晚挥霍尽一生的爱。

过度的劳累使我在黎明到来之前昏昏睡去。睡梦里看见她在荒野的岔路口和我分手，她拖着旅行箱走在泥径上，长发飞扬，身影孤独。我呼喊她，却发不出声音，想追赶又迈不动脚步，最后眼睁睁望着她被小路骗向远方，一点一点被远处的暮色吞噬。

我惊醒着坐起来，四顾喊着"宝贝宝贝"失声痛哭（她跟我回饶州后我也习惯了在夜间叫她宝贝）。她正披着毯子半坐着倚靠在我身边的玻璃墙上想心思，似乎一夜未睡，面容憔悴，暗斑浮现，宛如戏剧演员突然卸去浓妆。

我的哭声震动感染了她，她扭过头，俯身下来抱着我的头，一开始还安慰我，结果自己哭得比我还凶，最后几近失声。

从她的绝望程度我知道一切已不可挽回。她心里早已做了某种决定。

还是忍不住惶恐地恳求她："我们结婚吧。天一亮就去办手续。"

我的请求让她哽咽得更厉害，然后，迅疾清醒过来。她不停摇头，说："不需要，不需要了。"然后凄然一笑："谢谢你给过我一段美好的爱情和对婚姻的希望。你现在应当很清楚，我们只适合相爱，不适合结婚。你虽然爱我，却不能完全接受我。我在刚爱上你时，就已经失去了爱你的机会。我们当初都不够理智。"

她越平静我越惶恐。我向她道歉，发誓以后一定不在乎别人的议论，改掉狭隘和多疑。

她继续摇头："我其实也不适应你们县城的生活，在这里我有时间却没有朋友,也没有适合的打发时间的消遣。你其实也已经不适应,人不可能两次踏进同一条河流,在外面的经历也改变了你享受故乡和自然的心境。只不过你对它有一份乡情,乡情暂时掩盖了心里的矛盾……"

她说完这些后,我浑身瘫软,无力再多说什么。

天亮之后,她把早已办好的写着我一个人名字的房产证交给我,说是送给我的生日礼物,并提醒我:"乡下的房子本来可以不办房产证,不过你是城市户口,按规定是不可以在乡下划地建房子的,我费了很大的周折才把手续办下来。再过一些年,你会发现它会很有用,一定要保管好。"

然后,她要我带她去向外婆外公告别。这次她不是鞠躬,是跪下向他们分别磕了三个头。

回县城后,我要求一起上街去把店面的户主改成她一个人的名字,让她把店面所有权证带在身边,通过存折继续收租金,或者把店面转卖。她没有推辞。她现在肯定比我还需要钱。

第三天早晨,谌琪开车离开客居了近一年的饶州回泰州去看母亲。她说以后的路她也没有想好,年后可能去深圳和师姐一起开咖啡会所,也可能去上海一家过去有过联系的外企。总之LT已经不可能在选项中。

我坚持要送她过出县城的饶州大桥。她没有拒绝,路上叮嘱:"如果想在家乡待下去,就一定要调整好心态,不可以和单位把关系搞僵,回到内地就要遵守内地的人际规则……"又谈到陈静,说如果要在县城结婚,这个女孩子可以考虑。

我一路强作镇静,车一过桥,突然泪水汹涌,无法自抑。

她停下车,做最后的告别。她笑着捏捏我的食指:"别难过,我并没有说过从此不见面。或许,再过 10 年 20 年,我会到玻璃房找你喝咖啡。"她仰着脸努力笑着,眼泪还是从墨镜后倏然滑出。

104

这是我谈过的离爱情最近,离婚姻最远的一场爱情。

谌琪走后那个月,我发现自己还是低估了她的离去对我的影响。它不仅影响了我的感情,也影响到我对一种生活方式的信念。我觉得整个内脏都被掏空了,人像纸糊的那样失去重量和方向。我坐在办公室,常常一整天都说不出一句话来。

乡下的房子根本不敢去看了。白天也不敢回自己的家。一回家,就生出谌琪只是出门去买东西了的错觉,或者,以为她正在厨房煲汤,我明知无望有时还会跑过去,每次都没有奇迹发生。

那些她用过的器具已经落满了灰尘。

甚至,我们一起走过的路也不敢走了,上班要绕很远的路。我小心躲避她留下的一切痕迹。有时在街上走路,走着走着就会迎风落泪,像个弱不禁风的老人。

每天都在外面要混到很疲劳才敢回家,回家也不开灯,更不敢打开音响听我们一起听过的音乐,一个人摸到谌琪很少到过的客房去睡觉。但是在睡梦中,她还是无所不在。有时,我们在广东她的房子里畅想未来;有时,她挽着我的手在县城的超市购物;有时,我们一起躺在油菜地畔晒太阳;有时,我们买了许多糕点一起去乡下看外婆外公,外婆外公不是住在坟里,他们看上去还年轻,顶多60出头的样子,站在老屋前笑吟吟地迎候着我和谌琪的到来……

这些情景有些我们确实经历过,有些从未真实地发生,它们时空倒错地交织在一起,连绵不休。我不断地在半夜醒来,醒来就再也睡不着,一个人坐在黑暗中默默流泪。

有天半夜我醒来后打电话向妹妹求助。妹妹很惊讶于这场爱情对我的打击程度,又把情况告诉我父母和弟弟。

父母被我的状态吓住了,不敢太责怪我,让我去厦门散散心,或者把注意力转移到工作上,尽快忘记这件事。实在不行他们就回来照顾我。

他们的主意虽然可笑,但依然令我感动。

最严重的几天,我央求老吴、能清轮流到我家来陪我住,但他们毕竟已经是有了妻子和孩子的人,当领导后单位的事更多了,不可能常来陪我通宵聊天。

105

我也尝试过用陈静堵住心头的伤口。

实际上,谌琪走后,她常来我家看我。在11月这个寒冷的月份里,我主要靠她活着。

她过来帮我做饭、拖地、洗衣服,用嘴唇为我的嘴唇取暖。我们不仅谈到了爱,她甚至把我们的关系告诉了她父母。

很奇怪,她父母并没有强烈反对。我和陈静表姐曾有的关系他们应该了解,我和谌琪的事半个县城的人都知道,而且,我比陈静整整大 10 岁。她母亲是我编的副刊的忠实读者,对我的文字也比较喜欢,我不知他们的宽容是否与此有关。

他们只提了两个要求:一、如果我对陈静是真心的,就尽快请人去说媒早点订婚把关系确定下来;二、必须在县城有一套属于自己的房子,以后不能让陈静跟我父母住在一起。

我告诉陈静,我现在没钱再另外买房子。

她先是有点意外,很快就接受这个现实,像已经结了婚,和我一起精打细算:"你把乡下的房子卖掉,用这笔钱到城北新区买套商品房。结婚的钱由我出,我爸爸还答应送一辆奇瑞 QQ 给我做陪嫁。结婚后我们周末就开车外出旅游。"

对她的建议我未置可否,心脏却不断下坠。

我怎么可能把那幢房子卖掉?真要卖在乡下也卖不到几个钱。

"你会开车吧?"她很憧憬地问我。

"不会。我从小晕车很厉害,对汽车没有亲切感。"

"那我们一起去考驾照吧。开车不会晕车的。"谌琪在广东时就建议我学车,知道我的情况后却再也没提过。

我无力地说以后再说吧。

"听说一月后考驾照就要涨价了。"她很急迫,似乎不会开车以后的日子将没法过。

106

谌琪走后不久，报社响应省人事厅有关在事业单位实行全员聘用的改革精神，在全县率先做试点。从邻县的经验看，这种改革目前更多只是在玩概念和形式，但单位领导可以借着改革的名义削弱国家带给在编员工的安全感，从而加强自己的权威和对员工命运的支配权，把自己搞得既是国家干部，又像企业老板。

报社把所有岗位拿出来重新竞聘上岗，你想做你过去做了许多年的工作，还得写报告重新申请，领导再根据大家报岗的情况通盘考虑，报岗人数多的岗位就通过演说竞争上岗。

副刊本是无人愿意竞争的岗位，这个岗位，没点写作能力的人不敢来做，怕被作者看不起；真有些写作能力的人往往又不愿意做，早到要闻版挑大梁，或被县委或政府办调去当秘书了。早些年，也有县委领导找我谈过，我不是能够舒心地帮领导拎包端保温杯的人，便谢绝了那样的机会。

一个丈夫在宣传部当副部长、读过几年电大中文的女同事怀孕了，想做点轻松的工作，就把眼睛盯上了副刊。金总私下里把位置许给了她，知道她竞争不过我，就假装和我商量，说副刊前面毕竟有个"副"字，在报社是副业。一个有才华的男人不能老是在单位做副业，这是我的损失，也是单位的损失，要求我去做社会新闻记者，说这样对我在报社的发展更有利。

我不愿意,告诉他如果考虑发展我就不会回报社来,我回来就是想做副刊写点自己的东西。

他不耐烦了,正色道:"调你出来搞新闻是报社领导班子集体决定的,我们是报社,不是作家协会,不存在你想做什么就做什么的道理。"

"我只是说我最适合做的是副刊,我要求做我最想做最适合做的工作完全符合竞聘上岗的原则。其他岗位我不会去。"我也毫不示弱。

他气得嘴唇发抖:"行行行,反正副刊编辑肯定不是你了,你愿意待岗什么都不做也行,到时别怪我们不给你发工资。"

这次我是和他彻底地撕破脸皮了。

107

报社已经不可能待下去了。

其他能和文字沾点边的工作就只有文联了。不过托人稍一打听,才知道县一级的文联完全和文字没有关系,只不过是县领导安置闲人的养老院。那些最失势的科级干部,往往会被领导发配到科协和文联这样的单位去安度余生,既不要你干活,也不给你办公经费。现任主席是一位因作风问题被人告下来的前广电局局长,副主席是党史办过来的一位老同志,另一个编制给了宣传部一位中层干部的老婆。

能清说得很透彻："县文联就是这样一个单位，真正搞文艺的进不去，能够进去的没一个愿意搞文艺。按理说汪填金是很适合当文联主席的，可哪一任领导会在考虑这个岗位时想到他呢？"

情急之下找到封总。

封总到卫生局变成封局之后，办公室比在报社时大了一圈，办公桌也换成了辽阔的老板桌，还煞有介事插了两面国旗在电话旁。

他对我还算热情，让办公室主任沏了茶递给我，皱着眉仰靠在沙发椅上听我絮叨。我们的谈话不断被来客和电话打断。

封总尽管对金总在报社的作为比较感冒，也完全不认可我的做法，他现在说话也比我刚回来时坦率得多："我当初是不好多劝你，否则你还误解我不同意你回来，其实你从广东回来就是一步错棋。放着好好的钱不赚，回来写什么东西，现在又不是 80 年代，东西写得再好赚得了几个卵钱?!你赚不到钱，哪里有闲情吟诗作赋？饶州又不是什么世外桃源。"

我找他诉苦，潜意识里是存了一个幻想：他也许会像当年调我进报社一样主动调我到卫生局，然后给我一个和文字沾点边也不怎么忙碌的岗位。

结果是一通兄长般的教育。

还好，他还真算是仁至义尽，虽然没有满足我的幻想，倒是给我指了一条路："卫生局的情况我不说你也晓得吧，长期人比编多，领导还在不断批条子压人过来。酒厂的涂厂长是我的拜把子兄弟，现在正在改制搞公司，如果我是你，就去那里当个销售经理搏一把，弄得好工资不会比你在 LT 少多少。你愿意调到那里去我还是可以说得上话的。"

我想这或许还真是一条路,在县里,每个月能赚上三四千块钱日子就很惬意了,有了这个物质基础,我仍然可以做点自己喜欢做的事。

封总见我眼内有了些光彩,当即拨通涂厂长的电话,把我在LT的经历海吹了一通,又一再强调我是他的小老弟,让他至少给我个品牌策划或销售经理干干。

涂厂长的声音大得我都能听见:"这么好的人才,只要他愿意来,干什么都行。"

饶州酒厂是个有五十多年历史的老酒厂,所产的饶州贡酒在赣东北地区还是有一定知名度的,只是多年来没有实现香飘全省的目标,比起樟树的四特酒来,还不在一个层面上,饶州的餐馆只有一小半人喝饶州贡酒,喝得多的还是四特和安徽的皖酒。

我在县城西郊找到这个老酒厂时,发现它和我读中学来这边参观时没有多少改进。大门悬挂着褪色的红灯笼,四个灯笼分别贴着"欢"、"度"、"国"、"庆",厂房全是赭红色的砖墙,院内竖着木质篮球架,水泥地面这边破一块,那边缺一角,残损处钻出一蓬蓬无名的杂草。

看着心里就凉了半截,同LT那种钢框架的淡蓝色厂房相比,这里简直像是民间作坊。车间门口行走的工人也没有统一的制服,一个个步履倦怠、神情散淡,活跃些的,一边推着手推车一边和女工打情骂俏。

如果不是酒香弥漫,真不相信走进的是饶州最大的企业饶州酒厂。

办公楼也简陋得可以,在隆隆作响的车间旁兀立着,有些窗台下安装的居然是窗式空调机,窗框基本是木质的,有的缀满茂密的爬山虎。七问八问望见"厂长室"白底红字的牌子,还没走到门边,就听见有人怒吼:"喝不到一斤酒你有什么脸说是饶州酒厂的人?回不了款你还不多喝点酒?胃溃疡?我、张副厂长、王副厂长,我们这些老酒厂的人谁没有胃溃疡?……还有,作为销售经理,你凭什么关手机,我们厂长的手机都是 24 小时待机,接到厂里电话就是趴在老婆肚皮上也要马上下来……"

我站在门口等了足足 10 分钟,那条愤怒的黄河还在咆哮,丝毫没有减弱的趋势。

一股气像爬到顶峰的喷泉一样突然在体内委顿下来,我趁涂厂长还没有发现我的到来,转身迅速地离开了这个饶州最有名的企业。

108

省城的都市报打出"寻人启事"招兵买马,我在报社阅览室看到这则广告,真有种行将溺毙者望见一根金色稻草的激动。

都市报是省内办得最具人文气息的报纸,不时会推出一两篇社会观察和批评,也辟有几个随笔和阅读之类的副刊版。报纸的质量和影响力虽然远不及广州的《南方都市报》,在本省也算是报界旗帜,近年也在不断扩版。据说社长也才40出头的年纪,思想很新锐。

恍惚记得当初和谌琪一起回南昌处理公关危机时,都市报的一位姓李的副总编还给过我名片。

回到家里,翻箱倒柜几十分钟,总算在一叠散落在抽屉角落的旧名片中找到了它,上面姓名、办公电话、宅话、手机俱全,还在左上角印了个钢笔人像线描,脸微胖架副眼镜,职务和姓名那栏是用金线勾勒的。

一看就知道是个活得很精致但审美能力稍有欠缺的主。

和这种人交往总会让我有些压力。

平复了一下心情,小心地拨打办公室号码,拨了几次都没人接。

又拨手机,还是没人接。

想起能清同我说过的,省市的一些领导干部,看见区号为县市的陌生号码一般是不接的。

就换了手机拨,果然就应答了,客气地问是哪位。

我就报出 LT 总裁办的名头,然后提起去年在南昌一起吃饭的事,问他是否记得。

"是张总啊,怎么会不记得?张总回江西了吗?有什么指示?"他故意提高嗓音把张副总监叫成张总。

我直接询问了招聘的事。

李副总编倒也干脆,直接问我:"张总有亲戚想过来应聘吗?想应聘记者、编辑还是广告业务员?"

我就不好意思太忽悠了,告诉他应聘者是我自己,问他副刊那块招不招人。

他最初自然是惊讶的,确认没有听错后,语气里藏着试探,似笑非笑地问我:"张总是开玩笑吧,在LT都不干居然愿意回来做个小编辑?"

"我是学中文的,觉得做报纸和自己的爱好还是贴近点。"

"那怎么不去《南方周末》和《南方都市报》啊,我们这边薪水和广州比可是要差好几个档次,这点你应该清楚的。"他说的也是实话,省城报社的薪水比县城也高不了太多。

"我主要考虑年龄大了点,想稳定下来,LT和广州的报社现在全是聘用制,调不进去。"我想这个理由总能让他信服吧。

他想了片刻:"这倒也是,不过讲实话,现在我们这边除了几个老人,新进的人也全是搞人事代理。我马上开会……你再考虑考虑吧。"

想了一夜,决定还是把我眼下的实际境况如实相告,如果能做副刊,人事代理也没问题。

事实证明我还是过于天真了,李副总编知道我早已离开LT回到县报之后,语气立刻怠慢起来:"我们这边副刊都是女同志做,明年还要不要这种小情小调的副刊都不一定, 做采访嘛你都已经三十多了,估计你吃不消,不过你在企业做过,如果愿意到广告部可以过来试试……"

他可能就是分管广告部的,后面还说了一堆面试、广告任务考核办法之类的,我嘴里礼貌地嗯着,其实压根没注意听。

109

只有再次把目光投向饶州之外，江西之外。

LT 自然是不可能回去了。

我离开的一年，LT 继续高速发展，年产值增长百分之八十。企业的高速发展带动了人才的快速成长。老曲已经由贵州的区域经理升为整个西南区的经理，年薪接近 30 万。韩主任刚刚调到 LT 新收购的汽车公司当总经理，王铮到大家电公司当办公室主任。我亲手招聘到新闻传播中心的一男一女两个编辑，也分别当上了经理和副经理。当然也有不少人淘汰出局，比如我过去很讨厌的小王。整个总裁办，只有一半是我认识的人。

即便有可能，我也不会再回 LT 了，我实在不喜欢 LT 镇的气候和生态环境，也不可能去给我过去招聘来的人当下属从主管做起。

不过 LT 仍然在影响着我的职场之路。我让弟弟帮我在厦门投了几份求职信，很快就有一家台资中型电子公司主动联系上我，公司的人力资源部主任知道我在 LT 做过副总监后，告诉我宣传策划部有相应的职位空缺，要求我尽快过去面试洽谈。

我没敢迟疑，立马坐长途汽车到南昌，然后挤上当晚的火车赶往厦门。

在硬座上似睡非睡熬了个通宵，第二天中午到达时已被折腾得蓬头垢面,头晕脑涨,见到父母后又被他们兜头一阵猛剋,不过体表和体内的感受都是极温暖的。

这个季节,在江西穿着棉袄还冻得抖抖索索的,一到厦门,就得一件一件地减衣服,人就像竹笋,外衣被一层一层地剥掉,最后露出柔嫩的肉身,直接接受阳光煦暖的照拂。街上的人大多穿着长袖衬衣,风也是温温软软的,似乎一下子又回到了春天。

父母的责备也只是象征性的,我妈妈还真会安慰自己,不停地念叨:"这样也好,你一个人在广东我不放心,把你一个人留在饶州我也不放心。这下好了,你如果来这边工作,我以后也省得冬天回去受冻了,大家都在厦门,也算是团聚了。"

华夏电子公司厂区和总部分离,厂区在郊外,总部就在离海边不到500米的高层写字楼上,蓝色玻璃幕墙,远看像个五星级酒店。

第一印象就比LT好多了。

电梯到20层后,有迎宾直接领引我到人力资源部。进玻璃门,只见二三十位青年才俊穿着白衬衣扎着蓝领带在电脑前噼里啪啦地忙碌着。人力资源部主任也就二十五六岁吧,见过后,立即带着我去宣传策划部。

坐在宣传策划部部长办公室内的是一个年纪不超过28岁的女生,瘦高个,长脸,长得一般,发髻干练地盘在脑后,湖蓝色的西装套裙让人显得很精神,趁人力资源部主任和她寒暄的当口,我偷看了她的座位牌:骆丹。

接下来的几分钟时间里,骆部长像当年韩主任面试我一样,微笑地询问了一系列问题,比如对企业文化的认识,对品牌经营和媒体公关的一些设想。这些我熟门熟路,答得比当年还顺畅。骆部长听得笑容绽放,继续问我:"我看过你的简历,你是喜欢文艺的,那你觉得自己的性格是外向还是内向呢?"

"工作时比较外向,独处时比较内向,没问题吧?"我这么回答时已猜到了她的反应。

"没问题,我很欣赏,独处时内向的人大多有思想。"

"有驾照吗?"

"没有。"

"你上班之后就去考吧,我们这边部长级的管理层都会配车。"

"你的血型呢?"她问。这个我过去招考员工时也问过。

"A 型。"我确实是 A 型,很多老板都喜欢的血型。

她点点头,问了我最后一个问题:"你在 LT 的职位是副总监,相当于我们的副部长,但是你刚过来,只能从经理做起,不过如果你做得好,你很快就会成为我的副部长,OK?"

被她的目光鼓励着,我没多想就先答应了。

我提出的唯一要求是,希望她能为我把这个职位保留一个月,我要先回老家处理一些事情再来报到。

她的目光里透着不解,似乎想不通有什么事要花费一个月去处理,不过还是爽快地答应了,并有些俏皮地指指我的领口:"下次记得扎领带过来哟。"

她某个瞬间的表情让我蓦然想起一个人,大脑马赛克般闪动,突然清晰了——王铮,我这个未来的上司应当是款柔和版的王铮吧。

110

回江西我买的是机票。

相对于我今后的月薪,打折后的机票只算得上零头。

也不是很急切地想回去办停职手续,现在离职和上次完全不同了,按新政策报社不允许办停薪留职了,要走就只有停薪辞职,也就是把编制腾出来给别人,你不可能再回来。只要我把辞职报告递给报社,一切就完全了结,没有什么复杂的手续要办。

之所以要预留一个月,一是要静下心来想一想,今后的路到底怎么走。华夏电子公司是职场终点,还是一个中转点?

华夏电子公司的实力虽然无法和 LT 相比,薪资水准也稍低一些,但管理模式是从美国引进的,没有 LT 那么刻板,比较尊重员工的个性和创造力,管理层在工作和精神上的自由度更大一些。这些无疑是我决定加盟的最重要缘由。不过任何企业有一点都是一样的,试图把每个员工变成某部庞大机器上或大或小的某个零部件,然后用利益和压力驱使着你不停地奔跑,加速再加速,忘记劳累,忘记思考,忘记痛苦,也忘记幸福……

我能否跟上这些机器越来越快的转速?又如何才能在重复的节奏中保持内心的敏感与湿度?如何在随波逐流的日夜中挽留爱情的浓度和纯度?

无论如何,我不想过那种没有闲暇也看不见田野的生活。

再次上路之前,还有一个夙愿需要了结。

是的,我指的是去榆林。

前不久上网看到,梭罗学校的运转已进入良性循环,不仅维持下来了,还得到当地教育主管部门和周边村民的交口称赞。两名北京师范大学的女大学生还专程慕名去那里支教。梭罗和妻子有了更多时间到野外去漫游和考察。前不久,还在"安宁生活"网上看见他和妻子在一座荒山上的合影。

那是方圆一百公里内最高的一座土山,山上除了荆棘没有别的植物,当然也没有人的踪迹。他们常带着干粮徒步去那里攀爬,看书,野炊,就一些玄而又玄的问题进行辩论。有时也会自带帐篷在山顶过一夜,沐浴完阳光继续沐浴星光。

那一带空气透明度很高,白天在山顶时,可以清晰地望见十几里外他们的小学的屋顶的反光。梭罗在网上写道:"在无边的黄色荒原和它的褶皱之间,我们的小学是唯一在闪闪发光的东西……"

初稿于 2008 年 3 月

定稿于 2011 年 12 月

写在后面

我喜欢在虚构的故事里粘贴真实的生活符号,比方说地名、单位名、作为背景使用的社会事件和个别次要人物的人名。

这样的爱好能让我以真乱假,让我更爱那些完全虚构的故事,并因此有情绪把它写下去。

麻烦也许将由此产生,因为,读者里难免会有些爱好对号入座的人。

在此正式申明,这本小说里凡未使用真名实姓的人物,均属文学虚构,切勿从地名、单位名和职务名去推理想象它的原型。

好小说所表达的往往是一种超越经验的真实,并不是每个人物都有生活原型。

有时候,所谓的原型不过是作者的第 N 个自我而已。

就像这个小说,它貌似同我多年前的一段经历有关,其实,它更像是某一类人的精神传记。

它貌似写到了选择,呈现的也许是迷茫。

它貌似拷问了爱情,真正指向的却可能是时代。

要特别感谢这样的读者:

你是我曾经的同事、熟人,然后,在这个小说里闻到了某些让你会心一笑的气息。

你会心一笑,然而,也仅此而已。

（京）新登字083号

图书在版编目（CIP）数据

出走/范晓波著. —北京：中国青年出版社，2012.6
ISBN 978-7-5153-0776-3

Ⅰ.①出…　Ⅱ.①范…　Ⅲ.①长篇小说–中国–当代
Ⅳ.①I247.5

中国版本图书馆CIP数据核字（2012）第095687号

责任编辑　李　磊
装帧设计　樊　瑶

出版发行　中国青年出版社
社　　　址　北京东四十二条21号　邮政编码：100708
网　　　址　www.cyp.com.cn
门 市 部　（010）57350370
编 辑 部　（010）57350401
印　　　刷　三河市世纪兴源印刷有限公司
经　　　销　新华书店
规　　　格　880×1230　1/32
印　　　张　8.25印张　2插页
字　　　数　174千字
版　　　次　2012年10月北京第1版
印　　　次　2012年10月河北第1次印刷
定　　　价　18.00 元

本图书如有印装质量问题,请凭购书发票与质检部联系调换
联系电话：（010）57350337